Paulus Hochgatterer

CARETTA CARETTA

Roman

Rowohlt Taschenbuch Verlag

Veröffentlicht im Rowohlt Taschenbuch Verlag
GmbH, Reinbek bei Hamburg, März 2001
Lizenzausgabe mit Genehmigung der
Franz Deuticke Verlagsgesellschaft m. b. H., Wien–München
Copyright © 1999 by
Franz Deuticke Verlagsgesellschaft m. b. H., Wien–München
Alle Rechte vorbehalten
Umschlaggestaltung C. Günther/W. Hellmann
Druck und Bindung Clausen und Bosse Leck
Printed in Germany
ISBN 3 499 22917 X

*Für Daniel, Mario, Anita, Lukas,
Martina, Sonja, Gerald, Pascal
und all die anderen.*

*Was ich gerade lerne, ist,
daß jeder auf der ganzen Welt
echt schreckliche Probleme hat.*

Dan McCall, Jack der Bär

1

Genau genommen beginnt die Geschichte damit, daß Frankreich gegen Brasilien mit 2:0 in Führung geht. Sie beginnt mit jener Sekunde am Ende der ersten Hälfte, in der Zinedine Zidane aufsteigt, hoch über den brasilianischen Abwehrspielern den Flankenball nimmt und durch die Beine von Roberto Carlos ins Tor köpft. Barthez reißt jubelnd die Arme in die Höhe, die Augen Lilian Thurams schweben zwei Fingerbreit vor seinem Gesicht, Deschamps heult beinahe, und in mir entsteht das Gefühl, daß wieder etwas beginnt in Erfüllung zu gehen. Es ist das gleiche Gefühl wie damals, als sie meinen Stiefvater abholten, und meistens muß ich dann auf der Stelle fort, egal wohin, und die Menschen bekommen ziemliche Schwierigkeiten mit mir. Die Geschichten gehen nie gut aus, daran ändert auch nichts, daß Petit ganz am Schluß noch einen nachschiebt, Deschamps jetzt eindeutig heult, ich auch, und Frankreich tatsächlich Weltmeister ist.

Zwei Tage später liege ich neben einem Aluminiumhandkoffer genau über der Tür eines Schlafwagenabteils. Das heißt, liegen ist heillos übertrieben, in Wahrheit stecke ich mehrfach gefaltet in dieser Nische, in der eigentlich nichts Platz hat außer vielleicht einem zweiten Aluminiumhandkoffer. Der orangefarbene Vorhang, der mich gegen die Welt abschirmt, riecht wie ein Stück Konzentrat von Eisenbahn, die Wandverkleidung gibt bestenfalls einen Zentimeter nach, wenn man sich an sie preßt, und dem Aluminiumkoffer scheinen sie vor kurzem die Kanten scharfgeschliffen zu haben. »Die Klimaanlagen in den Zügen funktionieren nie«, sagt der kleinere der beiden Glatzköpfe, die sich da unterhalb von mir im Abteil befinden. Das stimmt einerseits, andererseits ist das wirklich Tragische daran, daß er unrecht hat und ich weiß, daß die Klimaanlagen sehr wohl manchmal funktionieren, ab und zu zumindest. Dann macht es direkt unter mir dieses Getränkedose-wird-Mitte-Juli-geöffnet-Geräusch, gleich darauf rinnt etwas glucksend in eine Kehle, und ich weiß, daß es, genau genommen, mein Cola ist, das die beiden da trinken. »Auf die Zukunft!« sagt der zweite. Er hat eine Art Papageienstimme. Auf die Zukunft! – Sehr witzig! Ich liege da und leide. Das alles nur, weil ich mich im Schaffner geirrt habe.

Auf dem Gürtel gab es einen Stau, das machte mich ziemlich zappelig. Dem Taxifahrer erzählte ich irgendwas von meiner Mutter, die nach einem halbjährigen Forschungsaufenthalt aus Straßburg zurückkommt, wo sie sich mit der computermäßigen Errechnung vollkommener Zahlen beschäftigt hat, und daß ich mich nach sechs Monaten schon ziemlich auf sie freue und nicht zu spät kommen will, und so fort – alles von Philipp abgelauscht, genau genommen. – Ja, ja, vollkommene Zahlen, sagte der Taxifahrer, die Mayas hätten da schon was gewußt, vor allem die Zahl siebenundzwanzig sei ihnen heilig gewesen. Er schwafelte von einem Observatorium, über das sie mit den Außerirdischen kommuniziert hätten, und von seinem Lebenstraum, Machu Picchu zu besuchen und dort seine Finger in die nicht vorhandenen Ritzen zwischen diesen gewaltigen Felsblöcken zu legen. Siebenundzwanzig!! Außerirdische!! Zwei plus zwei ist fünf! Immerhin trat er aufs Gas, übersah am Schluß noch ein Abbiegeverbot und kam etwas nach halb neun am Westbahnhof an, drei Minuten vor Abfahrt des Intercity Wien-Paris. Ich gab ihm einen Fünfziger Trinkgeld. Weil er dermaßen blöd schaute, rief ich ihm noch zu: »Mein Vater ist reich!« oder so ähnlich.

Ich startete durch, ließ im Vorbeilaufen am Buffetstand in der oberen Halle ein Salamisandwich, eine Dose Cola und eine Packung Gummibären mitgehen und hörte, daß der Zug angesagt wurde, als ich den Bahnsteig erreichte.

Ich hatte fix mit Reisel gerechnet, diesem ausgezehrten Blonden, der einen immer so von unten anschaut, wenn er die Fahrausweise kontrolliert, sonst übrigens auch, der, seitdem ich ihn kenne, dieses fürchterliche Vanille-Rasierwasser verwendet, Ave Maria oder Spiritus Sanctus oder wie es heißt. Ich war sicher, es würde ablaufen wie immer, begab mich auf die Toilette des dritten Waggons von hinten und drehte den Riegel halb herum, so daß die Tür einerseits abgesperrt war, andererseits der Sichtstreifen außen halb Rot, halb Weiß zeigte. Reisel würde dieses Signal erkennen, zweimal klopfen; ich würde von innen zweimal klopfen, – alles klar.

Sie hatten versucht, mir das Salamisandwich mit zwei dicken Fleischtomatenscheiben zu versauen. Ich klebte sie so auf den Toilettenspiegel, daß ich mich aus eineinhalb Schritten Entfernung betrachten konnte und es aussah, als trage ich eine biologische Anti-Lachfalten-Maske oder eine total absurde Brille. »Dominik«, würde Reisel sagen, »Dominik, du bist wieder einmal hier.« Er würde rote Wangen haben und ganz flach und hastig atmen. Mit den Handflächen würde er außen an seinen Hosenbeinen auf und ab streichen, die Daumen vorne an den Bügelfalten. »Ja, ich bin hier«, würde ich antworten, möglichst viel Frost in der Stimme und durch ihn hindurchschauen wie mit einem Röntgenfernglas. Er würde gierig zu zittern beginnen, am ganzen Körper.

An der Salami hatten sie gespart, dafür hatten sie Butter druntergeschmiert. Manchmal machten ziemlich ahnungslose Menschen Salamisandwiches.

Als es zweimal klopfte, öffnete ich meinen Gürtel. Ich drehte den Rücken zur Tür, und ehe ich zur Antwort klopfen konnte, wurde von außen der Riegel herumgedreht. Im Spiegel erblickte ich dieses quadratische stoppelbärtige Gesicht, das ganz und gar nicht Reisel gehörte, die Stirnglatze, den kurzen Hals, die eingedrückte Nase. Langsam wandte ich mich um und stellte meine Mimik auf indifferent. Der Schaffner musterte mich. Seine dunkelbraunen Knopfaugen blieben schließlich an meinem offenen Gürtel hängen. Er grinste. »Hamma uns vergnügt?« fragte er, und, als ich stumm blieb: »Wohin fahr ma denn?« – »Nach Paris«, sagte ich.

»Nach Paris? Hamma eine Fahrkarte?«

»Nein.«

»Dann werden wir wohl beim nächsten Halt aussteigen.«

»Nein«, sagte ich, »Sie werden mir eine Fahrkarte geben, und ich werde bezahlen.« – »Paris ist weit«, sagte er, »das kostet eine Menge Geld.« – »Ich habe eine Menge Geld«, sagte ich und zückte die Börse. Er wirkte ein wenig enttäuscht und nahm den elektronischen Fahrscheindrucker von seiner Schulter. »Fährt der junge Herr erster oder zweiter Klasse?« fragte er. »Wo ist Reisel?« fragte ich. Er hob die Augen von der Tastatur und blickte mich überrascht an. Allmählich schien er irgendwas zu verstehen und begann zu grinsen. »Reisel«, sagte er, »Reisel fährt seit letzter Woche nach Prag und nach Berlin, auf eigenen Wunsch.«

Es war dieses dreckige Lachen, das mich ausklinken ließ, die eingezogene Oberlippe, der schwärzliche Zahnstein und die Art, in der er »Reisel« sagte, mit einem leichten S-Fehler: »Reisel«. Ich griff nach dem Fahrscheindrucker und schlug ihm das längliche Gerät mit aller Kraft gegen die Nase, eine Kante exakt in den Knick, den er dort schon hatte. Er ging in die Knie und kippte nach vorne, so daß seine Stirn das Waschbecken berührte. Er hatte die Augen weit aufgerissen. Wie in Zeitlupe hob er die rechte Hand gegen sein Gesicht. Aus beiden Nasenlöchern wölbte sich hellrot das Blut. Ich schleuderte den Fahrkartendrucker von mir. Das Ding zerplatzte unmittelbar neben dem Spiegel an der Wand.

Die beiden Tomatenscheiben waren ein gutes Stück nach unten gerutscht, das war das letzte, das ich sah, bevor ich rannte.

Ich sprintete nach vorne, in Richtung Lokomotive. Rein physikalisch war ich somit der schnellste Punkt an dem ganzen Zug, v ist gleich v1 plus v2, bezogen auf die Erdoberfläche im niederösterreichischen Alpenvorland zirka einhundertachtzig Stundenkilometer. Sobald man nicht mehr hingehen muß, geht einem die Schule ab, so in der Art zumindest. Ich war vermutlich auch der einzige Punkt, der soeben eine Straftat begangen hatte. Gerade noch leichte Körperverletzung, allerdings an einer Amtsperson. Gehört wahrscheinlich in die gleiche Kiste wie Polizistenmord. In den Staaten setzt man Polizistenmörder ganz allein in einen Raum, den man mit einer Tür dicht abschließt, die aussieht wie ein Schiffsschott. Man setzt sie auf einen gelben Stuhl, legt ihnen Gurten an und so weiter und so fort. Ich habe einmal eine Reportage darüber im Fernsehen gesehen. Ich war allerdings schon vorher gegen die Todesstrafe. Obwohl ich allen Grund hätte, dafür zu sein – gewisse Gründe zumindest.

Nachdem ich drei Waggons durchlaufen hatte, blickte ich zurück. Er folgte mir nicht. Einer Weißblonden in schwarzem Leder, die rauchend auf dem Gang stand, sagte ich, der Schaffner habe mir in den Schritt gegriffen, und jetzt sei er hinter mir her. Sie solle um Gottes willen nicht sagen, daß ich hier vorbeigekommen sei. Ich bemühte mich, möglichst verzweifelt dreinzuschauen. Sie machte einen Rauchkringel und nickte. Ihre linke Augenbraue war wegrasiert; statt dessen befanden sich dort zumindest fünfzehn Silberringe. Unter anderen Umständen hätte ich sie gefragt, wo sie denn noch solches Zeug hängen habe. Ihre Augen waren grün, die Wimpern rotblond, die rechte Braue auch. Schnitte Schnalle Schnuckelkatze. Unter anderen Umständen. Wenn meine Handflächen nicht so kaltschweißig gewesen wären. Ich dachte kurz an Helene, daran, wie sich ihre Augen verschleiern, wenn sie den Einfühlsamen kriegt, und daß ich ihr dann immer auf die Titten starren muß und der Einfühlsame dann meistens sofort wieder verschwindet. Ich dachte daran, daß Chuck total abfährt auf Helene, wahrscheinlich auch Wolfgang und alle anderen Betreuer außer Sally, und daß ich mir manchmal vorstelle, wie Chuck Helene berührt und ich ihn dann vernichten muß, erbarmungslos, obwohl er mir in Wahrheit der Liebste von allen ist.

Ich schaltete auf eine Mischung aus unschuldig und verwirrt, als ich die Schiebetür zum ersten Schlafwagen öffnete. Die Wahrscheinlichkeit, daß sich das Dienstabteil samt Schlafwagenschaffner auf dieser Seite des Wagens befand, war schätzungsweise fünfzig Prozent. »Das Schlechte ist immer das Wahrscheinlichere«, pflegt Philipp bei derlei Gelegenheit zu sagen, und dann hat er tausenderlei Beispiele an der Hand, wie zum Beispiel die Lehrer, die dein Heft garantiert dann kontrollieren, wenn du die Hausaufgabe das eine von zehn Malen nicht gemacht hast, oder den Warenhausdetektiv, der dir genau an dem Tag die Hand auf die Schulter legt, an dem du dir in der Früh auf der Flucht vor dem Straßenbahnkontrollor den Knöchel verstaucht hast und nicht rennen kannst.

Das Schicksal war auf meiner Seite, die Dienstkoje fünfundzwanzig Meter weit weg und der Schlafwagenschaffner selbst nicht zu sehen. Beim vierten Bettenabteil stand die Tür offen. Es war unbesetzt. Nirgendwo ein Reservierungszettel.

Warenhausdetektiv und Mich-Erwischen ist zirka genauso unvereinbar wie Philipp und Hausaufgaben. Ich rede vom Erwischen, nicht vom Mich-Stellen. Manchmal stelle ich mich freiwillig einem dieser Regalschnüffler, sinke auf die Knie, bereue zutiefst und so weiter.

Ich schloß die Tür vorsichtig von innen. Die Betten waren noch nicht ausgeklappt. Ich setzte mich, stellte die Cola-Dose auf das Fenstertischchen und besaß sonst nur noch die Gummibären. Dieser Hunger, wenn man eben um Haaresbreite dem Fallbeil oder den Handschellen oder insgesamt dem Jüngsten Gericht entgangen ist, dieser Kannibalenhunger, und keiner da, der Gummibären gegen ein zweites Salamisandwich tauscht. Ich legte die Beine hoch und stellte mir vor, wie ich Helene in die verschleierten Augen blicke, wie ich meine linke Hand auf ihre rechte Schulter lege und meine rechte Hand auf ihre linke. Ich bin dabei, meine linke Hand gegen ihren Nacken vorzuschieben und mit der rechten ganz leichte quetschende Bewegungen zu machen, und ich sehe ihre Gänsehaut und kriege auch eine, da beginnt dieses Verhängnis namens Sankt Pölten. Seit es Landeshauptstadt ist, halten auch die Intercitys in Sankt Pölten. Dabei hat Sankt Pölten nicht einmal einen Klub in der Bundesliga. Früher haben sie angeblich in der Bundesliga gespielt, und irgend so ein berühmter Argentinier hat für die Mannschaft gestürmt, einer, der in einem WM-Finale Argentinien mit zwei Toren zum Titel geschossen hat, gerade so wie jetzt Zidane Frankreich. Das muß allerdings in der Steinzeit gewesen sein, als ich noch nicht auf der Welt war. Und diesen Argentinier hat Sankt Pölten unter Garantie ruiniert.

Der Zug wurde langsamer, gelbe Flutlichter knallten herein, obwohl es draußen noch gar nicht wirklich dunkel war, und auf dem Bahnsteig standen fünfundsiebzig Menschen mit Koffern, die alle aussahen, als wollten sie im Schlafwagen von Sankt Pölten nach Paris fahren. Ich bekomme eine düstere Vorahnung und schaue mich um. Die Hände trockengewischt, Klimmzug, mit den Beinen etwas nachgeschoben, schon bin ich oben im Geheimfach. Zusammengefaltet, Vorhang zu! Eine heiße Hölle, die nach Bundesbahn stinkt.

Der Zug war längst wieder angefahren, und eine leise Hoffnung begann sich in mir zu regen, es könnte doch niemand kommen, als ich unter mir die Tür gehen hörte. »Wenn Sie die Betten ausgeklappt haben wollen, holen Sie mich.« – Die Stimme auf und ab singend, irgendwie jammernd. Offenbar der Schlafwagenschaffner. Koffer wurden geschoben, die Türe geschlossen, dann: »Hier hat jemand eine Dose Cola vergessen.« – Die Papageienstimme. »Und einen Sack Gummibären.« – Eine zweite Männerstimme, tiefer und weicher. »Eine Falle«, sagte der erste. Sie begannen beide zu lachen.

»Die Cola-Dose eine Sprengfalle.«

»Und Gift in den Gummibären.«

»Gib her, ich möchte sterben!«

»Ich auch, an einer Gummibärenvergiftung.«

Irrsinnig lustig! Sie rissen den Sack auf. In gewisser Weise waren es doch meine Gummibären! Sie schmatzten.

Christoph erzählt, bei seiner Psychotherapeutin steht ein riesiger Plastikbehälter mit Gummidinosauriern auf dem Schreibtisch. Eigentlich geht er nur in die Psychotherapie, sagt er, um mit diesem weißen Greifzängelchen bunte Gummidinosaurier herauszufischen und in sich hineinzustopfen. Seine Psychotherapeutin behauptet, das ist ein Phänomen des Widerstandes, wenn nicht sogar bereits die Übertragungsneurose. Christoph meint, er versuche erst gar nicht, ihr das auszureden, außerdem hat er keine Ahnung davon, was eine Übertragungsneurose ist. Christoph ist fett, macht nachts in die Tuchent und hat auf dem linken Auge eine Hornhauttrübung. Irgendwann möchte er die Hornhaut von einem Mörder transplantiert bekommen, sagt er manchmal. »Der böse Blick statt dem Fischauge«, sagt er. Psychotherapie ist was für Leute wie Christoph, denke ich, inklusive Gummidinosaurier.

Sie schoben erneut Sachen hin und her. »Es ist eng hier drin«, sagte der mit der dunkleren Stimme. Der Papagei klang ein wenig gereizt: »Ja, ziemlich eng. Wo geben wir die Anaconda hin?« Hin- und Hergeschiebe. Es quietschte. »Genau. Wo geben wir die Anaconda hin?« Ich konnte spüren, ungelogen, wie sie in meine Richtung schauten, immer vehementer, durch den orangefarbenen Vorhang direkt auf mein Gesicht. Die Anaconda, fiel mir ein, tötet ihre Opfer, indem sie sie erdrosselt. Sie frißt kleine Kinder und Hängebauchschweine, jeweils am Stück. Sie kann dazu ihre Kiefer ausrenken.

Es ist der Kleinere, der den Vorhang zurückschiebt, ganz bedächtig, denn er hat mich ja wirklich nicht erwartet. Ein Papagei kann gar nicht so blöd schauen wie er in diesem Moment. Sein längerer Zwilling schluckt hastig den Gummibären, der ihm auf der Zunge liegt, meinen Gummibären. Er hat eine Spur rascher seine Fassung wieder. »Ja, wen haben wir denn da?« fragt er mit dieser Bitterschokoladenstimme. »Mich«, sage ich und bin froh, daß er seine Kiefer nicht ausrenkt. In die Hose gemacht habe ich mir offenbar auch nicht, aber das kann ja alles noch werden. Aufs erste sehe ich jedenfalls keine Terrarien, Korbtonnen oder Schrankkoffer. »Wo ist die Schlange?« frage ich. Die beiden stecken massig in weißen Kurzarmhemden und dunkelgrauen Stoffhosen mit Bügelfalte. Der Kleinere trägt eine Brille mit breitem blaugrauem Hornrahmen und einen winzigen dunklen Kinnbart. Irgendwie schaut er aus wie der zivilisierte kleine Bruder von Jean-Claude van Damme. Der andere hat was von dem größeren der beiden Gangster in »Kevin allein zu Haus«, glattgeschoren allerdings. Bei ihm muß ich mich vorsehen. Das sagt mir mehr die Erfahrung als irgendein Gefühl. »Die Schlange?« fragt er, »welche Schlange?«

»Sie haben erst etwas von einer Schlange gesagt.«

»Von einer Schlange?«

»Ja, von einer Anaconda.«

Sie schauen einander an und beginnen zu lachen. Nicht einfach so, sondern Schenkelschlagen und Bauchhalten und Maulaufreißen bis zum Gehtnichtmehr und alles, was ich momentan ganz dringend brauchen kann. Leider zerreißt es sie nicht wirklich. »Die Anaconda«, schnarrt schließlich der Kleinere, »dieses Ding, das den Nilpferdmüttern ihre Jungen wegfrißt?«

»Ja«, sage ich, »und Hängebauchschweine und Antilopen.«

»Nilpferdmütter«, brüllt der Große, »die armen Nilpferdmütter!«

»Happ macht die Anaconda und weg ist das Nilpferdkind!«

»Wie sie dann weint, die Nilpferdmutter!«

»Die Anaconda schwimmt davon und sieht aus, als habe sie ein Faß verschluckt.«

»Oder eine Trommel.«

»Eine Trommel?«

»Ja, eine Trommel.«

»Eine Trommel!!«

Wieder dieses Lachen, und wieder explodieren sie nicht.

»Willst du unsere Anaconda sehen?« fragt mich der Kleine. »Unsere Riesenschlange!« Hahahahaha. Er legt den Aluminiumkoffer, der da zwischen all dem anderen Reisezeug auf dem Boden steht, auf die Sitzbank und klappt ihn auf. Drin liegt auf grün schimmerndem Stoff ein blanker Trommelrevolver, so groß wie eine Panzerabwehrkanone, daneben ein enormes Stahlrohr, vermutlich ein Lauf zum Austauschen, und eine Munitionsschachtel. »Frißt Nilpferdbabys«, sagt der Große. Das glaube ich ihm. Ich versuche, das Bild von einem toten Nilpferdbaby wegzuschieben und mir vorzustellen, wie

Laurent Blanc im Achtelfinale gegen Paraguay sechs Minuten vor Schluß das Golden Goal schießt. Chilavert tut mir zwar leid, denn er ist mit Abstand der souveränste Tormann des Turniers, aber ganz Frankreich ist aus dem Häuschen, und meine Lunge fühlt sich an, als hätte ich zwanzig Menthol-Bonbons auf einmal gelutscht.

»Darf ich sie angreifen?« frage ich schließlich. »Eine Colt Anaconda«, sagt der Kleine, »Kaliber 44 Magnum.« Er nimmt das Ding aus dem Koffer, läßt die Trommel aufschnappen und beutelt sich die sechs Patronen in die hohle Hand. Dann ergreift er das Gerät am Lauf und reicht es mir rauf. »Vorsicht«, sagt er, als könne man auch mit einem leeren Revolver jemanden erschießen. Ich hinterlasse Fingerabdrücke, fällt mir ein, und der Schaffner fällt mir ein und der Fahrscheindrucker und die Tomatenscheiben auf dem Spiegel und alles. Ich ziele auf die Cola-Dose, die da unten auf dem Abstelltischchen steht. Die Visiereinrichtung hat oben einen roten Punkt. Das ist sicher zu neunundneunzig Prozent sehr vorteilhaft, nur nicht wenn man auf eine rote Cola-Dose schießt.

Der Revolver liegt so schwer in der Hand wie die Makita-Schlagbohrmaschine, die Patrick seinerzeit in seinem Schulrucksack aus dem Baumarkt schmuggelte. Sie verrottet vermutlich in irgendeiner dunklen Ecke und hat bis heute keinen Bohrer gesehen. Patrick war damals völlig fertig über seine eigene Courage und überlegte allen Ernstes, ob er die Makita seinem Vater zum Geburtstag schenken solle. Der Vater hätte ihm wahrscheinlich entweder gleich den Kopf abgerissen oder ihn zumindest vor den Jugendrichter oder zum Psychiater oder an einen ähnlich netten Ort geschleppt. Ich glaube, Patrick hat nachher nie wieder etwas Nennenswertes gestohlen. Schlimmstenfalls einmal eine Tube Haargel oder ein *Fun and Vision*-Heft von Nintendo. Jetzt ist er überhaupt total straight geworden, zumindest sagt das Christoph, der ihn unlängst einmal gesehen hat. Neue Schule, neue Frisur, neue Mutter und Polo Ralph Lauren. Neue Mutter, daß ich nicht lache. Eine Mutter ist nicht wie ein Hemd, viel eher wie die eigene Haut. Wechsel nur unter Transplantationsbedingungen. Patricks Mutter hat gespielt und Tabletten genommen und so halt das übliche.

Der Abzug braucht ziemlich kräftigen Druck. Der Hahn schlägt auf, und es macht tatsächlich dieses Klack, wie wenn in einem Film dem Guten eben die Munition ausgegangen ist. »Peng«, sage ich, weil mir in meiner Überraschung nichts Klügeres einfällt. Ich male mir aus, wie die Cola-Dose birst und ihren braunen Inhalt in feinen Spritzern über die beiden verteilt und ich dann noch zwei Schuß in der Trommel habe, einen für den Großen, einen für den Kleinen. »Cola-Dose, atomisiert«, sagt der Große.

»Das Zeug reißt Löcher, so groß wie Fäuste.« Der Kinnbart des Kleinen bebt, vor Ehrfurcht oder so. Ein Loch im Großen, eines im Kleinen, in gleicher Höhe, so daß man durch die beiden durchschauen kann. »Und wenn du das Handgelenk nicht richtig steif hältst, bricht dir ein Schuß den Unterarm wie nichts«, sagt der Große. Ich denke an unseren letzten Abbruchtermin und daran, wie steif das Handgelenk ist, wenn man eine Baseballkeule aus Aluminium schwingt. »Mit Schußwaffen habe ich keine Erfahrung«, sage ich und gebe den Revolver zurück.

Für eine Sekunde schauen sie verblüfft, dann lachen sie sich wiederum weg. – »Mit Schußwaffen hat er keine Erfahrung! Nein, man glaubt es nicht, – der junge Mann hat keine Erfahrung mit Schußwaffen. Da wird die Mama aber enttäuscht sein!« – »Apropos Mama«, sagt der Kleinere und blickt über den Oberrand seiner Hornbrille. – Irgendwann hat es ja kommen müssen.

Ich erzähle von meiner Mutter, die sich an der Universität Straßburg mit der computermäßigen Errechnung vollkommener Zahlen beschäftigt, und davon, wie ich diese ewigen Forschungsaufenthalte hasse, einmal in Straßburg und einmal in Dublin und einmal in Bologna oder Madrid. Ich erzähle von Tante Elly und Onkel Max, Mutters Schwester und ihrem Mann, samt Samantha, dem speichelnden Pitbull, bei denen ich dann immer wohnen muß, wie ich diese Familie hasse, mehr noch als Mamas Forschungsaufenthalte, und wie ich keine Spur von Schuldgefühl hatte, als ich sämtliche Geldbörsen plünderte, die im Haus aufzutreiben waren, und wie in Onkel Max' speckiger schwarzer Börse tatsächlich viertausendsiebenhundert Schilling waren. Und ich erzähle davon, wie mein Vater, der von Beruf Stahlbaumonteur war, sechzig Meter über Grund freihändig die Traversen entlangging, wie er das Schweißgerät über den Abgrund trug, als wäre es ein Proviantbeutel, und wie er eines Tages in einer derartigen Situation ohne Vorwarnung von einem Turmfalkenpärchen angegriffen wurde und abstürzte. »Ich war damals fünfeinhalb«, sage ich, und das ist das einzige, das stimmt. Von meinem Stiefvater sage ich gar nichts. Schließlich erzähle ich noch, wie mich dieser Schaffner auf die Zugstoilette gedrängt und mir zwischen die Beine gegriffen hat und daß ich keine andere Wahl hatte, als ihm den Fahrscheindrucker ins Gesicht zu knallen.

»War er hin?« fragt der Größere.

»Nein, nur der Fahrscheindrucker.«

»Bewußtlos?«

»Ich glaube nicht.«

»Dann wird er hinter dir her sein.«

Die Brille macht ihn geistesgroß, den Kleinen. Wenigstens die Geschichte scheint den beiden zu gefallen.

»Er wird dir den Arsch aufreißen.«

Geistesgroß und einfühlsam.

»Dann wird er dich der Polizei übergeben.«

Der Kleine schaut eigenartig bekümmert. Das irritiert mich.

»Bist du schon vierzehn?«

»Ja, warum?«

»Jugendgefängnis oder Sondererziehungsanstalt, das ist ab vierzehn die Frage.«

Er scheint sich tatsächlich auszukennen. Solche Sachen wissen üblicherweise nur Rechtsanwälte, Lehrer und Polizisten. – Polizisten?! Der Trommelrevolver! Die Frisur, die Art zu reden, alles!

»Sind Sie bei der Polizei?« frage ich und halte Ausschau nach möglichen verwundbaren Stellen der beiden. Sie winseln vor Lachen.

»Keine Angst«, sagt der Große schließlich.

Der Kleine nimmt die Brille ab und wischt sich die Tränen aus den Augen. »Nein wirklich, keine Angst«, sagt er, »ein großer Revolver macht noch keinen Polizisten.«

»Manchmal schon«, bin ich versucht zu sagen, halte aber dann doch den Mund.

»Hat das Ding noch Platz bei dir da oben?« fragt der Kleine. In Zeitlupe sehe ich, wie der Hahn aufschlägt, und das metallene Klack wird zu einem mächtigen, hohlen Knall mit Echo. Ein Feuerstoß steht vor der Mündung, fährt durch Onkel Max, Tante Elly, Samantha, den Pitbull, durch Chuck und Sally und Two Face, durch die beiden Glatzköpfe da unten, durch den Schaffner und auch durch Reisel, den Verräter. Am Ende stehen alle meine Figuren in einer Reihe da. Ein enger, blutiger Kanal läuft durch sie hindurch, so daß man sie auffädeln könnte, auf ein Seil oder auf eine Eisenstange. Ich habe die Beine breitgestellt und halte die Waffe mit beiden Händen. Den Lauf hat es mir schräg nach oben geschlagen. Feiner blauer Rauch, Schmauchspuren an meinen Fingern, alles, was dazugehört.

»Ja«, sage ich, »ich glaube schon, irgendwie wird es schon Platz haben.« Manchmal sagt man Dinge, die man ganz und gar nicht meint. Jedem Menschen passiert das, denke ich. Bei mir hat es früher Zeiten gegeben, da habe ich überhaupt nur gesagt, was ich ganz und gar nicht gemeint habe. Heute tue ich das gelegentlich noch aus Berechnung, sonst schienen mir diese Phasen an sich vorüber zu sein, bis jetzt zumindest. Der Kleine legt den Revolver sanft auf die grüne Seide oder was es ist, wirft die Patronen lose dazu und schließt den Deckel. Er reicht mir den Koffer herauf mit einem Blick wie Ronald, wenn er meint, uns wieder einmal etwas unfaßlich Gutes getan zu haben. Unfaßlich gut ist in Ronalds Augen schon ein kleines Eis, das er uns spendiert. Ich versuche mich mit dem sperrigen Ding zu arrangieren und weiß nach dreißig Sekunden, daß ich Nackenschmerzen kriegen werde und Sodbrennen und ein Harnverhalten, zusätzlich zu den Schweißausbrüchen, die ich sowieso habe. »Weißt du«, sagt der Große, »so eine Waffe ist etwas Heikles, und es ist besser, wenn sie nicht alle Leute sehen.« Er lehnt komisch da, irgendwie verbogen und verwunden, grinst ein wenig, und ich bin hundertprozentig sicher, daß keiner der beiden einen Waffenschein besitzt.

Ich denke dran, was Two Face aus dem Jugendgefängnis erzählt hat, von dem einäugigen Justizwachebeamten mit der Schlagringsammlung, von den verordneten Sitzungen bei dem Psychologen, der dir eine Flasche Bockbier anbietet, bevor er auch nur ein Wort gesprochen hat, und davon, daß eine verschlossene Zelle manchmal auch ganz vorteilhaft sein kann. Sie prophezeien uns alle das Jugendgefängnis; die einen tun es mit mehr Zurückhaltung, Chuck zum Beispiel oder Sally oder Inge, die anderen wissen täglich, daß es uns irgendwann einmal blüht, und Ronald sagt überhaupt ohne Unterbrechung »welcome to the club« und grinst höhnisch dazu. Sie werden schon recht haben, die Damen und Herren Experten, aber eigentlich ist mir das jetzt so ziemlich shittyshitty-egal.

»Was sollen wir mit dem Schaffner tun, wenn er hier vorbeikommt?« fragt der Große.

»Verhaften!« sagt der Kleine.

»Jawohl, auf der Stelle verhaften!« Der Große salutiert. Die Geschichte mit der Polizei scheint den beiden wirklich gefallen zu haben.

»Erschießen wäre auch eine Möglichkeit«, sage ich halblaut. Sie stutzen nur kurz.

»Ein ausgiebiges Nasenbluten sozusagen«, sagt der Kleine.

»Die Leiche verstecken wir unterm Bett.«

»Oder wir werfen sie aus dem Zug.«

»Dürfte ich ein paar Gummibären haben?« frage ich. Der Große hält mir die Packung hin. Ich nehme drei grüne Bären heraus und stecke sie mir auf einmal in den Mund. Es geht kaum etwas über einen Mund voll grüner Gummibären. Ich frage mich, ob sich Reisel für seine Fahrten nach Prag und Berlin schon jemanden organisiert hat oder ob er noch rastlos durch die Züge streicht, die schwitzenden Handflächen außen an den Hosenbeinen, auf und ab und auf und ab.

»Gute Nacht«, sage ich, rolle mich zusammen und ziehe den Vorhang zu. Der Große schaut noch einmal rein in meine Koje. »Mach dir keine Sorgen«, sagt die Einlullstimme mit dem dümmlichen Gaunergesicht. Die beiden ahnen nicht, wie oft man das zu mir schon gesagt hat. Wieviele krumme Dinger wohl Barthez oder Karembeu oder Lizarazu schon gedreht haben? Sie tragen alle dieses Gaunergesicht vor sich her. – Schwere Steuerhinterziehung zumindest, eventuell ein paar nette Autos von hinnen nach dannen gebeamt, die nigerianischen Zollbeamten bestochen oder die ukrainischen, oder den kubanischen Hafendirektor. Lizarazu hat sich seine ersten Zigaretten garantiert mit Taschendiebstählen finanziert, vielleicht auch die ersten Zigaretten seiner Schwester, und Marcel Desailly schaut überhaupt aus, als habe er das Fußballspielen in einer Sondererziehungsanstalt gelernt. Das gibt zu Hoffnung Anlaß.

Der Vorhang stinkt. Die Glatzköpfe lassen mich in Ruhe und trinken mein Cola. Sie reden erst über die Klimaanlagen in Zügen, die nie funktionieren, dann offenbar über Sitzmöbel und über Geschäfte. »Realrendite« höre ich, »nie wieder Terminkontrakte«, »Bugholzlehne«, »Rolf Benz«, und »höchstens bedingt geschlechtsverkehrstauglich«. Ich fühle dem letzten Rest grünen Gummibärengeschmackes nach, der sich über den Gaumen in meine Nase hochschleicht. Erinnert an das Apfelshampoo, das ich mir zuletzt einige Male von Jasmin ausgeborgt habe. Alle denken, ich gehe in der Früh ins Mädchenbadezimmer, um Jasmins Titten zu sehen. Keiner glaubt mir, daß Haarshampoo bei mir einfach so was wie ein blinder Fleck ist. Fluortabletten zum Beispiel vergesse ich nie. Es stehen immer zumindest zwei Packungen Fluortabletten als Reserve im Schrank. Haarshampoo habe ich mein ganzes Leben noch nie in Reserve gehabt. Außerdem kenne ich Jasmins Titten, und sie lassen mich völlig kalt. Aber das glaubt mir auch keiner.

Im Eindösen erscheint mir Sally und verkündet, für mich sei leider kein Essen übriggeblieben, denn Christoph allein habe eindreiviertel Pizzas verdrückt, eine ganze Quattro Stagioni und drei Viertel von der Rusticana, die eigentlich mir zugedacht gewesen sei. Christoph brüllt, sie sei eine magersüchtige Klosterschwester, die niemandem was gönne; überhaupt werde in dieser Scheiß-WG ständig zuwenig Essen eingekauft, so als habe man hier lauter

Kindergartenkinder zu verköstigen. »Ein bißchen was von magersüchtig könnte dir nicht schaden«, ätzt Sally. Christoph starrt sie an mit seinem trüben Auge, bekommt einen roten Schädel und ballt die Hände zu Fäusten. »Er hat noch nie jemandem etwas getan«, sage ich beruhigend zu Sally, »es könnte höchstens sein, daß er in deinem nächsten Nachtdienst halbabsichtlich ins Bett scheißt.« In diesem Augenblick verwandelt sich Christoph in meinen Stiefvater, und es ist klar, daß ich es bin, der ins Bett geschissen hat. Der Alte hat diese kühle Überheblichkeit im Gesicht, wie immer, wenn er eine pädagogische Sondermaßnahme ausheckt. Er hält das gelb-weiß karierte Badezimmerhandtuch zu einer Schlaufe geschlungen in der Rechten und lehnt mit der linken Schulter in der Tür. »Na«, sagt er nur, »na?« Ich vibriere innerlich und weiß, daß in Wahrheit er es ist, der mir meine Pizza weggefressen hat, mir das aber nichts nützen wird, gar nichts. Er hat plötzlich Christophs trübes Auge und brabbelt irgendwas von einer Transplantation und von einem Spender, der bald gefunden werden wird. Im Aufrichten macht er ein scharrendes Geräusch.

Unter mir wird halblaut gesprochen. Es sind mehr als zwei Personen, die sich da unterhalten. Wenn mir mein Stiefvater erscheint, sind meine Sinne danach immer besonders wach. »In dem kleinen Gepäckfach«, kann ich verstehen, »schläft seit zwei Stunden«, und: »Rosenheim«, mehrmals höre ich »Rosenheim«. Schließlich sagt jemand: »Ob eine Vermißtenmeldung vorliegt, wird derzeit überprüft.« Ich kenne diese Stimme. Außerdem bin ich Vermißtenmeldungen gegenüber auch immer besonders wach.

Die deutsche Polizei hat grün-weiße Autos. Das weiß ich aus den Tatort-Folgen im Fernsehen.

Ich denke daran, wie so ein nettes Tier den Unterkiefer lockert und sich selbst den Happen vors Maul plaziert, kopfvoran und ohne dem armen Kind vorher das T-Shirt auszuziehen oder das kleingeblümte Kleid mit Kragen. Ganz vorsichtig drücke ich den Verschluß des Aluminiumkoffers auf, hebe den Deckel mit der linken Hand an und stecke die rechte hinein. Ich ertaste den Revolver, lasse die Trommel aufschnappen, schaufle mehrere der Patronen, die da drinnen herumliegen, in einer Ecke zusammen, fasse eine davon mit Daumen und Zeigefinger und schiebe sie sachte in eines der Patronenfächer vor. Ich bin dabei, mir die zweite Patrone zu angeln, da fängt der Vorhang vor mir an, ganz langsam zur Seite zu wandern. Ich gebe die Patrone frei, lasse die Trommel einschnappen, frage mich, ob ich das alles wirklich will und wer auf der Welt sich momentan wünscht, daß ich tot bin. Ich stelle mir gerade Helenes dunkelblonden Lockenkopf vor und die feinen Kraushaare vor ihren Ohren, als der Kleine da unten seinen Blick hebt. Der Lauf des Revolvers weist exakt auf seine Nasenwurzel, halb fingerbreit über den Steg seiner Brille hinweg. Der Mann hebt beide Arme seitlich hoch und macht einen kleinen Schritt rückwärts. Er schluckt. Hinter ihm stehen der Schlafwagenschaffner und mein stoppelbärtiges Opfer. Auf dem ausgeklappten unteren Bett sitzt Glatze Nummer zwei. Er schaut mich an und beginnt zu grinsen. Ich schüttle den Kopf. »Irrtum«, sage ich, »in der Trommel stecken zwei Patronen. Das heißt, wenn ich abdrücke, ist die Chance, nicht getroffen zu werden, sechsundsechzig komma sechs periodisch Prozent. Ziemlich günstig, oder?« Der Schlafwagenschaffner scheint tatsächlich nachzurechnen. Weil ich schon dabei bin, fahre ich fort und erzähle, daß ich schon zweimal wegen Körperverletzung gesessen bin, zuletzt weil ich einem tschechischen Touristen mit der Baseballkeule das Jochbein pulverisiert habe. Ich erzähle vom Justizwachebeamten mit dem einen Auge und den vielen Schlagringen und überhaupt, wie es im Jugendgefängnis so ist, und ich erzähle von der genetischen Belastung durch meinen Vater, der mit einer Flasche Vöslauer-Mineralwasser meine Mutter auf die Intensivstation gebracht hat. »War nicht dein Vater ein schwindelfreier Stahlbaumonteur oder so?« fragt der größere meiner beiden Freunde. »Ich lüge ziemlich gut, oder?« frage ich retour. Der Schaffner hat eine ausgesprochen ungesunde Gesichtsfarbe. Seine Nasenlöcher sind mit irgendeinem weißen Zeug zugestopft. Er versucht grimmig dreinzuschauen, aber es gelingt ihm nicht recht. Am meisten zu fürchten scheint sich allerdings der Schlafwagenschaffner. Er ist dünn, hat durchscheinende abstehende Ohren und wirkt in Summe wie auf der letzten Fahrt vor dem Pensionskrankenstand. In Wahrheit ist er vermutlich nicht einmal dreißig und hat eine pummelige Ehefrau und neugeborene Zwillinge zu Hause. Er tut mir leid, aber ich habe den Lauf des Revolvers ohnehin nicht direkt auf ihn gerichtet. Schräg hinter ihm liegt auf der Fensterablage mein Gummibärensäckchen. Es sieht ziemlich leer aus. In diesem Augenblick weiß ich, daß Paris gestorben ist, und ich weiß in diesem Augenblick, wie Marcel Desailly sich fühlt, wenn er mit gestrecktem Eisenbein einem deutschen Stürmer ins Knie steigen muß.

»Es tut mir leid«, sage ich, »aber würden Sie bitte alle ans Fenster gehen.« Sie sind brav und rücken eng zusammen. Auch der größere Glatzkopf steht auf. Höflichkeit macht manchmal weitaus mehr Eindruck als der Wilde Mann. Ich schiebe die Beine sachte nach vorne und lasse mich nach unten gleiten. »Und wen von uns wirst du jetzt erschießen?« fragt die Hornbrille. »Alle vier«, gebe ich zur Antwort, »Sie stellen sich zwei und zwei hintereinander auf, und ich schieße durch Sie hindurch, einmal links, einmal rechts. Sie haben gesagt, das Ding reißt Löcher so groß wie Fäuste.« Der Schlafwagenschaffner hat viele kleine Schweißperlen auf der Stirn. Seine nervös flackernden Augen erinnern mich an Reisel. Ich wette, er glaubt mir jedes Wort, eins zu eins. Ich bin einssiebenundsechzig groß und vierundfünfzig Kilo schwer, und wie ich da so stehe und diese ausgewachsenen Männer sich nicht rühren, muß das ein reichlich komisches Bild abgeben. »Du machst dich unglücklich, Kleiner«, sagt einer der vier, ich weiß nicht, wer genau. Ich denke, manche Menschen haben keine Ahnung davon, was Unglück ist, und ich fürchte, ich gehöre dazu; daher ist es ziemlich egal, ob einer zu mir sagt, ich werd mich unglücklich machen. Manchmal sagen gewisse Leute auch, ich mache sie glücklich, aber das paßt momentan nicht wirklich hierher. »Wo ist die Notbremse?« frage ich. Der Schlafwagenschaffner zeigt mit dem Finger über mich hinweg. »Da oben«, sagt er, »über Ihrem Kopf.« Im rechten Augenwinkel sehe ich den roten Griff. Er hat mich gesiezt, er hat tatsächlich »über Ihrem Kopf« gesagt! Es ist mir peinlich. »Wann hat der Zug den nächsten Halt?« frage ich. Der Schaffner blickt auf seine

Armbanduhr. »In zwölf Minuten«, sagt er, »in Rosenheim.« Durch die zugestoppelten Nasenlöcher klingt seine Stimme ein wenig wie die von Robert De Niro. Er schaut mich von unten an, wie einer dieser spanischen Stiere, der schon zwanzig Brandspieße im Rücken stecken hat. Ich stelle mir einen deutschen Provinzstadtbahnhof vor, mitten in der Nacht: kein Mensch da außer zehn Polizisten und fünf Menschen von der Jugendwohlfahrtsbehörde mit zwanzig amtlichen Ermächtigungen und Haftbefehlen und gefaxten Lebensläufen und Personenbeschreibungen von mir. Ich sehe eine Flotte von grün-weißen Tatort-Polizeiautos vor mir, lauter Passats und Vectras, sehe die vorwurfsvollen Blicke von Sally, Chuck und den anderen, sehe das triumphierende Blitzen in Ronalds Augen. Ich greife nach rechts oben und hänge meine Finger in den roten Bügelgriff. »Ich glaube nicht, daß es günstig ist, mir nachzulaufen«, sage ich halblaut, bevor ich nach unten ziehe. Der plombierte Sicherungsdraht reißt durch, ein zweiter kleiner Widerstand wird überwunden, damit ist die Sache erledigt. Eine ewige Sekunde lang tut sich gar nichts, dann kommt etwas in Gang, das völlig anders ist als das Quietschen, Knirschen und Fahrgastkreischen, das ich von der Straßenbahn kenne. Ein dumpfes Grollen erhebt sich von unten, so als ließe man eine Reihe von Metalltonnen einen Hang hinabrollen. Die Verzögerung setzt ein und preßt mich auf mein linkes Bein. Ein schrilles Pfeifen mischt sich in den Lärm, wie von einer Pikkoloflöte. Die Viererpartie vor mir gerät ins Wanken, der lange Glatzkopf krallt sich ans Fenstertischchen, der kleine an ihn, der Schaffner fällt schließlich aufs Bett. Für einen

Augenblick erwarte ich, daß ihm wiederum Blut aus der Nase quillt, dann steht der Zug. »Ich glaube nicht, daß es günstig ist, mir nachzulaufen«, wiederhole ich in Richtung des Schlafwagenschaffners.

Ich öffne die Tür und quetsche mich auf den Gang hinaus. Ich stecke den Revolver seitlich in den Hosenbund, ziehe das weinrote Fishbone-T-Shirt, das ich trage, drüber und laufe in den nächsten Waggon vor. Einige Leute stecken ihre Köpfe aus den Abteilen. »Eine Notbremsung«, sage ich, »ich glaube, es hat eine Notbremsung gegeben.« Ich drücke den Hebel für die händische Lösung der Druckluftsperre nach unten und öffne die Tür. Draußen ist es dunkel und warm. Alles ist so selbstverständlich.

2

Es roch nach Kotze; das war das erste, das ich wahrnahm, als ich erwachte. Ich vermied es, mich großartig zu bewegen, um nicht irgendwo hineinzutappen. Langsam schaute ich mich um. Ich lag in voller Adjustierung auf dem Bett, inklusive meine weißen Converse mit den roten Knöchelsternen. Mein Zeug war insgesamt ein wenig abgeschmuddelt, angespieben hatte ich mich jedoch nicht. Über mir hing Gianluca Vialli im Dress von Chelsea und versuchte redlich, die Welt für mich wieder auf die Reihe zu kriegen. Die Italiener hatten ihn nicht zur WM mitgenommen, doch letztlich war ein jeder für sein Elend selbst verantwortlich.

Auch der Rest des Zimmers war unversehrt. Das heißt, Roosevelt, Chucks junger Hund, der mir auf Grund seiner Nervenschwäche zweimal im Monat den Teppich versaute, war es nicht gewesen. Er kotzte immer nur auf meinen

Teppich; keiner wußte, warum. Es war ein uralter Flickenteppich, den ich aus der Küche meiner Mutter mitgenommen hatte. Seit ich ihn mit einer halben Packung Ariel futur in der Badewanne gewaschen hatte, war er noch blasser als zuvor. Irgendein Küchengeruch, altes Fett oder so, konnte jedenfalls nicht mehr an ihm haften. Etwas Magisches bewegte den Hund, Anziehung plus Brechreiz.

Ich richtete mich langsam auf. Das komplexe neurologische Ereignis, das daraufhin in meinem Kopf stattfand, mündete in die Erinnerung, in der Fahrerkabine eines Lasters drei blau-silberne Dosen Bier geleert zu haben. Ich trinke normalerweise kein Bier, äußerstenfalls, wenn ich einen allzu unangenehmen Geschmack in Mund und Rachen habe. Aus dem winzigen Schranksafe hinter den Unterhosen holte ich mir ein Parkemed 500, das einzige Zeug, das mir in einer derartigen Situation hilft. Als ich es aus der Folie drückte, erinnerte ich mich auch, daß ich nach meinem Heimkommen noch zwei Fünfziger-Praxiten eingenommen hatte. Zwei Fünfziger-Praxiten bedeuteten normalerweise acht Stunden Schlaf, absolute Garantie, sogar wenn neben meinem Ohr ein Feuerwerk abgelassen wurde. Acht Stunden Schlaf: Die Uhr?! Ich hob den Kopfpolster. Da lag meine Alu-Scuba mit dem grünen Kunststoffband, neben ihr die Colt Anaconda. Es war knapp nach halb zwei Uhr nachmittag, um mich herum stank es nach Kotze, und ich hatte pulsierendes Schädelweh und unterm Kopfpolster einen riesigen Trommelrevolver.

Ich hatte nicht wirklich Gelegenheit, die Lebenslage auszukosten, denn draußen auf dem Gang wurde gebrüllt.

»Putz dir den Scheiß selber weg!!« Durch Mark und Bein gehende Mädchenstimme, Jasmin, ohne Zweifel. »Hier ist es üblich, den Dreck, den man verursacht, auch zu beseitigen!« – Kurt, mittellaut, gerade noch sanft. Ich konnte ihn förmlich sehen, wie er dastand, schwarze enge Levis, graues Cordblouson, zwei Nummern zu klein, dunkelgrünes T-Shirt, auch zwei Nummern zu klein, ausgelatschte Doc Martens, die Beine breitgestellt, die Hände im Kreuz ineinandergehakt, das eckige Kinn vorgereckt, die kleinen Augen feuernd wie schwere Artillerie.

»Glaubt ihr vielleicht, ich hab das absichtlich gemacht!? Na, glaubt ihr das!?«

Unverständliches Gebrummel von Kurt, am Ende so was wie »Kotzen auf Abruf«.

»Du Arsch du Arsch du Arsch! Ihr wißt genau, daß ich weder eine Magersucht habe noch eine Bulimie!« In einer Stunde würde sie wieder drauf pochen, alle Arten von Eßstörung gleichzeitig zu haben.

»Nein nein nein! Ich weiß genau, daß du deinem Organismus wieder einmal zu viel verschiedenes billiges Zeug in zu kurzer Zeit zugemutet hast.« Wenn Kurt so im Staccato sprach wie jetzt, glühten seine Ohren, und seine grauen Haare stellten sich auf wie die Stacheln bei einem Igel.

»Ihr seid das Letzte, das Allerletzte! Wer glaubt ihr, wer ihr seid, die Scheißpolizei?!«

»Sei froh, daß wir nicht die Scheißpolizei sind!«

»Da ist mir die Polizei am Arsch noch lieber als ihr! Die wollen wenigstens keinen anständigen Menschen aus einem machen.«

»Die putzen dir deine Kotze auch nicht weg.«

Ich öffnete die Tür und ging naiv auf den Gang hinaus. Wenn's mir zu moralisch wird, gehe ich meistens naiv auf den Gang hinaus. Am einen Ende, vor der Küche, stand Kurt, grauhaariger Igel, schwarze Levis, hauteng, graues Cordblouson, T-Shirt orange, nicht dunkelgrün, Doc Martens, alles wie erwartet, auch das vorgereckte Kinn. Genau vis-à-vis bewachte Sally den Ausgang. Sie lehnte mit verschränkten Armen da, hatte den Schlüsselbund am Mittelfinger baumeln, ihr Mumiengesicht aufgesetzt und schwieg. Dazwischen erstreckten sich Gespiebenes in zirka siebenundzwanzig Einzelportionen und Jasmin. Sie trug ein Top aus transparentem Latex, darunter einen relativ kompakten schwarzen BH, einen rotbraunen Ledermini, blau-schwarz geringelte halterlose Strümpfe, die in Oberschenkelmitte endeten, und weiß-goldene Leinentreter mit Extremplateau. Ich schaute zu Kurt und hatte ganz kurz eine Ahnung, daß der Job der Betreuer ziemlich viel mit Askese und Zölibat und diesem Zeug zu tun hatte.

»Was willst du hier?« fragte Sally.

»Ich wohne hier«, sagte ich, »man schreit, und es stinkt.«

»Ich wohne hier, ich wohne hier«, äffte mich Sally nach, »nach der Aktion von heute nacht ist es die Frage, ob du noch lange hier wohnst!«

»Bitte«, sagte ich, »bitte, werft mich hinaus, sucht mir was Neues – wer mich nimmt, kann mich haben.« Mit Drohungen mußte man hier umzugehen lernen, sonst konnte man sich gleich die Kugel geben.

»Siehst du nicht, daß du störst?!« zischte mich Jasmin an.

»Eigentlich wollte ich dich nur fragen, ob du mir dein Haarshampoo borgst«, sagte ich, »aber ich sehe, dir geht es nicht so besonders gut.«

»Die Ärsche glauben, ich hätte was eingeworfen!«

Jasmin sah so bummzu aus, wie man nur aussehen kann, wenn man auch bummzu ist.

»Es kann einem auch von anderen Dingen schlecht sein«, sagte ich.

»Ja«, ätzte Sally, »von einer Lebensmittelvergiftung zum Beispiel oder von einer Schwangerschaft.«

»Schwangerschaft ist gut«, sagte Jasmin und grinste Kurt breit an, »ist nur die Frage, ob ich von Michael schwanger bin oder von Chuck.« Michael war Jasmins Drogenberater, ein intellektueller Typ mit Calvin Klein-Brille und genagelten Schuhen, dem sie auf der Nase herumtanzte nach Belieben.

Kurts Gesicht wurde nun auch zwischen den Ohren rot. Seine Halsmuskeln kontrahierten sich zu ungesund aussehenden Wülsten. Das Cordblouson stand knapp vor dem Platzen.

»Wenn es ein Bub wird, werde ich ihn Chuckili nennen«, sagte Jasmin.

Mir wäre danach gewesen, jemand anderem beim Amoklaufen zuzusehen, doch Sally funkte dazwischen. »Schau nicht so blöd und hol den Schrubber!« fuhr sie mich an.

Ich drehte mich um und ging in mein Zimmer zurück. Den Kotzegeruch nahm ich jetzt nicht mehr wahr. Das war aber auch schon das einzige Erfreuliche.

Ich griff unter den Kopfpolster und legte die Alu-Scuba

um. Danach holte ich die Anaconda hervor. Ich zielte in Augenhöhe auf die Zimmertür und stellte mir kurz Sally vor, wie ihr Blick starr wurde und es zwischen ihren Beinen zu tröpfeln begann. Der Revolver war zu lang für den Schranksafe, daher steckte ich ihn zu den anderen Sachen in meine blaue Kipling-Umhängetasche und nahm sie über die Schulter. Man wußte nie, wer gerade meinte, die Zimmer durchsuchen zu müssen.

»Wo gehst du hin?« fragte Kurt, als ich wieder auf den Gang hinaustrat. »Aufs Jugendamt«, sagte ich. Jasmin wischte schweigend den Boden auf.

»Was machst du auf dem Jugendamt?«

»Mein Geld holen.«

Ich schickte mich offenbar an, irgendwas Vernünftiges zu tun; damit waren sie zufrieden. Sie wußten nicht, daß ich zweiundzwanzigtausend Schilling mit mir herumtrug.

»Latex auf der Haut muß sich mörderisch anfühlen, wenn es draußen dreißig Grad hat«, sagte ich im Hinausgehen. Jasmin zog den Lederrock hoch, so daß man ihren dunkelblauen String-Tanga sehen konnte. Sie sagte nach wie vor kein Wort. Jasmins String-Tangas lassen mich ebenfalls völlig kalt. Noch etwas, das mir keiner glaubt.

Ich ging die Hietzinger Hauptstraße nach vor zum Cafe Dommayer, stieg in die Straßenbahn und fuhr, vorüber am Eingang zum Schönbrunner Schloßpark, zur Kennedy-Brücke. Die Obdachlosenzeitschrift wurde diesmal nicht von Gerti, der Dicken mit der Hinterkopfglatze und der Weißweinallergie, verkauft, sondern von einem unsympathisch aussehenden Anlernling in sündteuren rot-schwarzen Nike-Air-Jordans. »Die Juli-Nummer hab ich schon«, sagte ich. Ich war nahe genug, um den Geruch nach Bier und Zahnfäule wahrzunehmen, der aus dem Mund des Menschen drang. »Zwanzig Schilling ein Exemplar«, jammerte er, »davon bleibt die Hälfte dem Verkäufer.« Ich kramte in der Tasche, fand die Geldbörse und drückte ihm einen Zehner in die Hand. »Dein Anteil, mein Bester«, sagte ich, »die Zeitung kannst du behalten.« Seine Augen eierten irregulär in der Gegend rum. »Ich weiß nicht, ob das überhaupt geht«, sagte er schließlich. »Es geht«, sagte ich, »die Zeitung ist so schlecht, daß es geht.« Ich ließ ihn stehen und folgte einer kurzhaarigen Blonden in gelbem Kreppstoffkleidchen.

Manchmal benimmt man sich wie ein Arschloch und fühlt sich trotzdem nicht schlecht. Das ist eines der Dinge, die das Leben erträglich machen.

Der Slip der Blonden war nach rechts verrutscht. Ich wettete mit mir selbst: Mindestens fünf Leute, die da rings um mich die Treppe zur U4 hinabstiegen, stellten sich die nackt unter dem gelben Stoff liegende linke Backe vor. Ich dachte an den letzten Winter, in dem ich über Monate mit rätselhaften Eiterpusteln auf meinem Hintern gekämpft hatte. Eigenartigerweise hatten sie sich ganz und gar nicht geschäftsschädigend ausgewirkt, eher im Gegenteil. Ich hatte zwanzig verschiedene Salben geschmiert, mich in medizinische Bäder gelegt, keine Schokolade mehr gegessen, keinen Senf und keine Pfefferoni, – ohne Erfolg. Plötzlich waren die Dinger dann wieder weg gewesen, von einem Tag auf den anderen, keiner wußte, warum.

Wie immer stand irgend so ein kleinköpfiger Minderbemittelter in der Rauchverbotszone und gefiel sich darin, die Leute anzuqualmen. Er trug ein zerrissenes weiß-blau quergestreiftes T-Shirt und eine olivgrüne Skaterhose mit eingetrocknetem Ketchup vorne auf den Oberschenkeln, in Summe eindeutig das Letzte. Ich überlegte kurz, ihm den Revolver zu zeigen, ganz im Vertrauen, aber die anderen schienen ihn ohnehin töten zu wollen.

Am Schwedenplatz verließ ich die U-Bahn, kaufte mir eine kleine Tüte TopfenJoghurtNocciolone und ging eisschleckend in Richtung Taborstraße. Es gab immer noch Ignoranten, die behaupteten, Tichy am Reumannplatz oder der Salon in der Tuchlauben habe das beste Eis der Stadt. Martin, der Friseur, lehnte vor seinem Geschäft und hatte nichts zu tun. »Du brauchst auch keinen Haarschnitt, oder?« fragte er. »Nein«, sagte ich, »außerdem kann ich mir dich nur zu Weihnachten und zu Ostern leisten.« Er lächelte geschmeichelt. Er war nett, aber er hatte keine Ahnung. Den letzten Rest der Waffeltüte zertrat ich auf dem Boden, das hatte ich mir so angewöhnt.

Im Amtshaus roch es nach Lack, wie immer. Nie wurde etwas lackiert, aber immer roch es nach Lack. Ich ging in den ersten Stock hinauf, zweimal links, einen hallenden Gang entlang, die vierte Tür rechts. Ich klopfte nicht. »Brav«, sagte die Vogges, als sie mich vor sich stehen sah. »Klopfe um Gottes willen nicht an!« hatte sie seinerzeit gesagt, »wenn alle klopfen, wird pro Tag schätzungsweise zweihundertmal an meine Tür geklopft, und wer hält das auf Dauer aus?« Das war einleuchtend. Die Vogges ist meine Sprengelsozialarbeiterin und so ziemlich das, was ich mir unter einer Sprengelsozialarbeiterin vorstelle. »Kurzsichtig, hundertzwanzig Kilo schwer, Sternbild Jungfrau und entsprechend erdverbunden«, so beschreibt sie sich selbst. Sie hat graues Haar, das irgendwann einmal rötlich gewesen sein muß, und trägt Faltenröcke und weiße adidas-Tennisschuhe. Sie raucht Marlboro Medium, zwischen zwanzig und dreißig Stück pro Tag – behauptet sie zumindest. Man sagt, sie sei wegen zu geringer Einsatzbereitschaft in den zweiten Bezirk strafversetzt worden, doch das ist mir wurscht. Früher war Ferry Weihs für mich zuständig, der berühmte Ferry Weihs, der jetzt auf einer Stabsstelle des Magistrates sitzt und an seiner weiteren Karriere arbeitet; jener Ferry Weihs, der mich jahrelang damit gequält hat, ich solle doch mit ihm meine Vergangenheit aufarbeiten. Dann hat er sich für die Karriere entschieden und ich mich fürs Geldverdienen. Die Vogges läßt mich dabei in Ruhe. Aufarbeiten scheint nicht ihr zentrales Anliegen zu sein.

Sie kramte meinen Akt hervor, zog den letzten Kassabogen aus einer Klarsichthülle, schrieb das Datum in die erste und »sechshundertvierzig Schilling« in die zweite Spalte und schob mir das Blatt zur Unterschrift hin. »Erst das Geld«, sagte ich. Ich stellte mir vor, wie es ihr ganz und gar nicht gefallen würde, dabei in die Mündung der Anaconda zu schauen, wie sie langsam einen Zug von ihrer Marlboro Medium machen und sagen würde: »Woher hast du diese Faustfeuerwaffe?« »Du traust mir also immer noch nicht«, sagte sie und machte einen Zug von ihrer Marlboro Medium. Im Grunde macht sie ununter-

43

brochen einen Zug von ihrer Marlboro Medium. Zwanzig bis dreißig Zigaretten pro Tag – und ich bin Oberministrant im Stephansdom. Sie nahm eine blaßrosa lackierte Handkassa aus der Lade und zählte mir das Geld in die Hand. Ich kriege es zweimal pro Monat, am ersten und am fünfzehnten, ungefähr jedenfalls. »Seid ihr eigentlich schon komplett?« fragte sie mich. »Nein«, sagte ich, »heute abend kommen angeblich die beiden letzten.«

»Spannend, oder?«

»Ich weiß nicht. Spannend sind andere Dinge.«

»Was heißt das? Magst du die anderen nicht?«

»Christoph pißt ins Bett, Anna ist völlig plemplem, und Jasmin hat vor einer halben Stunde den Gang vollgekotzt.«

»Und die Betreuer?«

»Eine Magersüchtige, ein verkappter Brigadegeneral und der Rest Sexualneurotiker.«

»Du weißt aber, wie schwierig es war, den Platz für dich zu kriegen?« Wenn die Vogges beleidigt ist, raucht sie noch schneller. Ihre Bluse hatte an den Achseln riesengroße Schweißflecken. Ich sagte nichts.

»Hast du Kontakt zu deiner Mutter?«

»Unregelmäßig.« In einem großzügigen Sinn war das die Wahrheit.

»Was macht sie derzeit beruflich?«

»Am Vormittag arbeitet sie als Tierarztassistentin.«

»Und am Nachmittag?«

»Da schläft sie meistens.« Auch das war die Wahrheit.

Ich steckte das Geld in meine Börse. »Gib's nicht zu schnell aus«, sagte die Vogges. »Ich bring's auf die Bank«, sagte ich, »einen Teil zumindest.« Sie sah mich ungläubig an. »Es ist die Wahrheit«, sagte ich.

Auf dem kleinen grauen Schild draußen neben der Tür stand in weißen Steckbuchstaben »Patrizia Vogges, DSA«. DSA – DiplomSozialArbeiterin. Eigentlich wußte ich nichts von ihr, ob sie verheiratet war oder so, nicht einmal, ob sie ein Haustier hatte.

Vor dem Eingang zu meiner CA-Filiale stand eine ältliche Bankangestellte mit schmalen Lippen und rahmenloser Brille und schepperte mit dem Schlüsselbund. Ich blickte demonstrativ auf die Uhr. Sie lächelte, wie nur Bankangestellte lächeln können. Es war vier Minuten vor drei.

»Eine Menge Geld«, sagte der junge Mann, der mich bediente, als ich ihm fünfzehntausend Schilling unter die Nase zählte. Dann sah er auf dem Bildschirm meine Kontobewegungen und schien überhaupt kurz ein Problem zu haben. »Vorgezogenes Erbe«, erklärte ich, »wird in unregelmäßigen Raten ausbezahlt, bis zur Volljährigkeit. Meine Eltern sind mit dem Flugzeug abgestürzt.« »Das tut mir leid«, stammelte der Typ. Er bekam eindeutig kein vorgezogenes Erbe.

Ich konnte die Nummer jenes Sparbuches, auf das am Dreiundzwanzigsten jedes Monats von meinem Konto alles überwiesen wurde, das einen Betrag von dreiundzwanzigtausend Schilling überstieg, auswendig hersagen, ich besaß eine Scheckkarte mit europaweiter Bankomatfunktion, und ich hatte knapp achttausend Schilling in bar in der Börse. Das gab mir für den Moment ein Gefühl von Sicherheit.

Ich ging zurück zum Schwedenplatz und kaufte ein zweites Eis. An manchen Tagen kann ich fünf TopfenJoghurtNocciolone essen, an anderen komme ich mir beim zweiten schon blöd vor. Ich wurde von zirka zwanzig Touristen böse angeschaut, weil ich mich vordrängte. Ich war brav und machte keine fremdenfeindliche Bemerkung, obwohl mich speziell ein stinkender tonnenförmiger Amerikaner mit Babyflaum im Gesicht und verkehrt aufgesetzter Michigan-University-Baseballkappe sehr reizte. Ellbogen ins Bauchfett, – rumms.

Vor dem Daniel Moser in der Rotenturmstraße trugen wieder einmal alle die gleiche Sonnenbrille. Yoko saß in sandfarbenen Boss-Stretchjeans und einem weißen Kurzarmhemd von Polo Ralph Lauren in der hinteren Reihe und langweilte eine Weißgebleichte in blauem Kleidchen mit hellgelben Tupfen an. Sie war sicher um fünf Jahre älter als er. Yoko ist vierzehn. Seine Mutter stammt aus Hongkong, sein Vater aus Sri Lanka, beide sind irgendwelche hohen Tiere bei der UNO.

»Dramatisch erhöhter Haargelverbrauch?« fragte ich und setzte mich zu den beiden.

»Das ist Conny«, sagte Yoko. Conny trug hundertprozentig einen Push-up unter dem Kleidchen. Ihre Augen standen von selbst ein wenig vor. Sie wirkte dadurch so, als wolle sie einem jeden Augenblick um den Hals fallen. »Sie studiert Medizin«, sagte Yoko, »ab Herbst.«

»Frankreich ist Weltmeister«, sagte ich, »du schuldest mir etwas. Die USA sind nicht in die Runde der letzten acht gekommen. Du schuldest mir noch etwas.«

»Ich lade dich auf ein Bier ein.«

»Ich mag kein Bier. Was hast du sonst bei dir?«

Yoko neigte sich vor und tat auf geheimnisvoll, zugleich sprach er so laut, daß seine neue Freundin auch mit den Fingern in den Ohren jedes Wort verstanden hätte. »Dreißig Tabletten Microbamat«, sagte er, »zehn Stück Somnubene, eine Flasche Paracodin-Tropfen und fünfzig dänische Ixen mit einem Doppelanker vorne drauf.«

»Ein Cola-Zitron mit Eis«, sagte ich zu dem Kellner, der sich mit dem einzig echten Daniel-Moser-Blick an unseren Tisch gestellt hatte. »Schau, dein Freund trinkt keinen Alkohol«, sagte das Mädchen. Beim Klang ihrer Stimme fiel mir der Eierschneider ein, den meine Mutter vor Jahren einmal besessen hatte. Ich hatte auf ihm gespielt wie auf einer Harfe.

»Gib mir alle Somnubene und die Hälfte von den Doppelankern!«

Er brauchte drei Schluck von seinem Bier, bis er fertiggerechnet hatte. »Das macht für dich siebenhundertfünfzig.« – »Das macht für mich bestenfalls in der reinen Theorie siebenhundertfünfzig«, sagte ich.

»Wie meinst du das?«

»In Wahrheit macht das für mich gar nichts. Du schuldest mir etwas.«

»Du spinnst, – ich werd mich doch wegen einer absolut unernsten Wette nicht ruinieren.«

»Wetten mit mir sind nie unernst«, sagte ich, »außerdem könnte es sein, daß ich dich erschieße, wenn du nicht spurst.« Yoko begann zu lachen. »So ist er nur in Gegenwart von Frauen, die ihn interessieren«, sagte er zu dem Mädchen. Er kramte in seinen Hosensäcken und zog erst eine Originalpackung mit zehn Somnubene hervor, danach zwei kleine verknotete Nylonsäckchen, die je zehn mittelgroße hellblaue Tabletten mit Doppelankerprägung enthielten. Yoko ist ein typischer Psychopath. Wenn man ihm psychopathisch kommt, wird er panisch. »Zehn Somnubene, zwanzig Ixen«, sagte er, »das muß reichen. Über das Finanzielle reden wir ein anderes Mal.« – »Gut«, sagte ich, »darüber reden wir ein anderes Mal.« Ich steckte das Zeug in meine Tasche und stand auf. »Dein Cola«, sagte Yoko, »du hast dein Cola nicht getrunken.« – »Schenke ich dir«, gab ich zur Antwort. Die Weißgebleichte sah mich mit ihren hervorquellenden Augen an. Ich wette, ich hätte nur mit den Fingern zu schnippen brauchen, und sie wäre mir augenblicklich gefolgt.

Ich ging die Rotenturmstraße hinauf in Richtung Stephansplatz, bog aber gleich nach links zum Lugeck ab. Ich durchschritt die Passage mit dem Antiquitätengeschäft, in dem die Jahrhundertwende-Schreibtische prinzipiell mindestens fünfundneunzigtausend Schilling kosten. Als Dekoration hocken Unmengen von alten Teddybären im Schaufenster und sollen von den Preisschildern ablenken. Ich dachte an meinen winzigen Kiefernholzschreibtisch, der in der Wohnung meiner Mutter verrottete, wenn sie ihn nicht schon auf irgendeinem Flohmarkt verscherbelt hatte. In die linke Hälfte der schräggestellten Platte hatte ich mit der Zirkelspitze die Namen von insgesamt vierunddreißig Comic-Figuren graviert. Mein Stiefvater hielt das für keine so gute Idee. Nachher mußte ich jedenfalls seinen silbernen Kugelschreiber von Cross in den Kanal fallen lassen, leider, und ein wenig später den Drehbleistift auch. Der letzte Eingravierte in der Liste war der Tasmanische Teufel gewesen, daran konnte ich mich erinnern.

Vom Lugeck zweigte ich halbrechts in die Bäckerstraße ab. Ich kam am winzigen Geschäft jenes Goldschmiedes vorbei, dem ich schon zweimal eine Handvoll Mozartkugeln vom Ladentisch gestohlen hatte. Er hatte beide Male nicht sonderlich hinter mir hergebrüllt. Jetzt saß er im hinteren Bereich des Raumes an seinem Arbeitsplatz und tat konzentriert irgendwas an der Lötlampe herum. Ich fragte mich, ob ein 44er-Magnum-Geschoß aus einer Colt Anaconda eine Scheibe aus acht Millimeter starkem Sicherheitsglas durchschlagen konnte oder nicht.

In der Buchhandlung Morawa, die ansonsten die einzige ist, in die ich gehe, stieß ich prompt auf jene hagere Auftoupierte, die mich jedesmal mit Haut und Haar verschlingt, wenn ich irgendwo die Einschweißfolie runterreiße. Etwas trieb mich dazu, mich direkt neben sie ans Regal zu stellen und alle zwölf Nintendo-64-Zeitschriften bedächtig durchzublättern, ohne eine mitzunehmen. Ich kann mit diesem Computerspielzeug absolut nichts anfangen und verstehe nicht, wie zum Beispiel ein unzweifelhaftes Genie wie Philipp, der sich ansonsten mit höherer Mathematik und Weltentstehungstheorien beschäftigt, seine Laune davon abhängig macht, ob er im Geistertempel von Zelda weiterkommmt oder festsitzt. Die Freundliche beobachtete mich jedenfalls. Ich überlegte, ob ich zu ihr im Vorbeigehen einen Satz sagen sollte wie: »Gegen Sodbrennen hilft eine ausgiebige Nackenmassage.« Ich ließ es dann doch bleiben. Am Abholschalter war das sechzehnte Calvin & Hobbes-Album, das ich seit ewigen Zeiten bestellt hatte, tatsächlich da. Calvin & Hobbes: Die Welt der Wunder und ein riesiger Trommelrevolver – man hätte meinen sollen, daß mich das für den Moment ziemlich unbesiegbar machte. Der Lehrling, der die bestellten Sachen ausgab, erzählte mir, dies werde das allerletzte Calvin & Hobbes-Album überhaupt sein, denn den guten Bill Watterson habe der Teufel geritten, und er habe von heute auf morgen beschlossen, mit dem Zeichnen aufzuhören. Ich sagte nur: »Oje!« und verriet ihm nicht, daß ich das seit mindestens einem halben Jahr wußte. Noch vor der Kassa schlug ich das Heft auf: Calvin sitzt neben Hobbes unter einem Baum und sagt: »Wenn Vögel rülpsen, schmeckt das bestimmt nach Insekten.« So etwas macht einen tatsächlich unbesiegbar, und wäre diese Buchhandlung ein Geschäft gewesen, auf das ich in Zukunft in irgendeiner Weise verzichten hätte können, so wäre ich in diesem Augenblick unter Garantie einfach durchgestartet und hätte die hundertfünfundvierzig Schillinge für etwas anderes ausgegeben.

Es roch nach Kaffee, als ich in die WG zurückkam. Auf dem Tisch stand ein Riesentablett mit Apfelkuchen. Kurt saß mit verschränkten Armen da und schaute angefressen. Philipp las in irgendeiner Zeitschrift für Astronomie oder höhere Physik, Anna starrte auf den Boden, und Christoph schlug rhythmisch mit der flachen Hand auf den Tisch. »Ich will Kakao, ich will Kakao«, sang er vor sich hin, »ich will Kakao, ich will Kakao!« – »Du kriegst Kakao!« brüllte Sally ihn schließlich an. Sie lehnte neben einem großen rothaarigen Mädchen mit Brille an der Wand und versuchte es zu überreden, sich zu setzen. Das Mädchen summte leise vor sich hin und blickte durch Sally hindurch. Victoria kam herein, schnappte sich ein Stück Apfelkuchen, biß ab, legte es zurück und stellte sich vor das Mädchen hin. Victoria war gut einen Kopf kleiner. Sie schnitt Grimassen, streckte die Zunge heraus, reckte beide Mittelfinger in die Höhe. »Wer ist diese hübsche Nutte?« fragte sie, als sie auf ihre Faxen keine Reaktion erhielt. Christoph hielt in seinem Klopfen inne. Ein Grinsen spannte sich über sein Gesicht. »Hast du Nutte gesagt, Victoria?« fragte er, »hast du wirklich Nutte gesagt?« – »Ja, Nutte habe ich gesagt«, prustete Victoria aus halbvollem Mund, »wer ist diese fette sommersprossige Nutte?« – »Weißt du überhaupt, was eine Nutte ist?« fragte Christoph.

»Klar weiß ich, was eine Nutte ist.«

»Na, dann erklär mir, was eine Nutte ist.«

Philipp hob den Kopf von seiner Zeitschrift und sah Christoph an. »Kannst du mir sagen, wie groß der Cosinus eines sechziggradigen Winkels ist?« fragte er. »Halt du dich da raus!« knurrte Christoph.

»Wie berechnet man die Fläche eines Kreisausschnittes?«

»Du sollst sich da raushalten, hab ich gesagt.«

»Was ist die Quadratwurzel aus siebenhundertneunundzwanzig?«

»Leck mich am Arsch und halt dich raus, kapiert?!«

»Mein Feuermal glüht schon«, sagte Philipp leise, »du weißt, das ist ein schlechtes Zeichen.« Er strich sich mit der Hand sanft über die rechte Gesichtshälfte. Dort glühte sein Feuermal. Christoph schaute gegen die Wand.

»Das ist Isabella«, sagte Sally und legte der Neuen die Hand auf die Schulter. Das Mädchen trat einen Schritt zur Seite. »Isabella ist überraschend zu uns gekommen«, sagte Sally, »weil in ihrer Familie etwas passiert ist, das es ihr unmöglich macht, dort zu bleiben.« Ich setzte mich zwischen Philipp und Anna an den Tisch. Da wurde ich mit ziemlicher Sicherheit nicht belästigt. Keiner fragte nach. Jeder dachte dasselbe. Victoria bot dem Mädchen ihr angebissenes Kuchenstück an. »Da, iß«, sagte sie, »essen hilft.« »Pfui Teufel!« sagte Christoph. Das Mädchen summte immer noch. Die Melodie war nicht zu erkennen. Ständig passiert in unseren Familien etwas, das es uns in Wahrheit unmöglich macht, dort zu bleiben, dachte ich. Ich sagte allerdings nichts.

Victoria machte sich an Kurt heran. Sie küßte ihr Kuchenstück und hielt es ihm hin. »Kurt, ich schenke dir einen süßen Kuß von mir«, sagte sie. Kurt reagierte nicht. Er kannte das Spiel. Victoria leckte das Kuchenstück mehrmals ab, kreuz und quer und kreuz und quer. »Ich schenke dir einen Zungenkuß«, sagte sie, »damit du weißt, daß ich dich mehr liebe als diese Nutte.« Victoria versuchte zu Kurt auf den Schoß zu klettern. Dabei hielt sie ihm ständig den Kuchen unter die Nase. »Iß«, sagte sie, »iß doch, essen hilft.« Kurt nahm das Kuchenstück, stand auf und warf es in den Mist. Wortlos ging er zu seinem Platz zurück. Wir lehnten uns alle zurück und rätselten über die Reihenfolge der kommenden Dinge: spucken, schreien, Geschirr zerschlagen oder schreien, spucken,

Geschirr zerschlagen oder was weiß ich, – Philipp hätte bestimmt die Anzahl der verschiedenen Möglichkeiten ausrechnen können.

Victoria war jedenfalls gerade erst elf geworden, unsere Jüngste, und keiner tat ihr etwas, denn ein jeder von uns wußte, daß sie eine ziemlich extreme Zeit mit ihrem Vater hinter sich hatte. Sie ballte die Hände und verdrehte die Augen nach oben, bis Sally stöhnte: »Oh Gott, nicht schon wieder, ich kann das nicht anschauen!« Sie öffnete langsam den Mund, und jeder rechnete mit einem ihrer nervenzerfetzenden Schreie, als Chuck hereinstürmte. Er trug in der einen Hand eine ziemlich grindige Kunstlederreisetasche. Mit der anderen wies er hinter sich. »Da, das ist Benjamin«, sagt er, »Benjamin ist dreizehn. Mit ihm sind wir komplett.«

Mit Benjamin waren wir komplett. Er stand in der Tür, und es war sonnenklar, daß es Ärger geben würde. Er war blaß, klein, speckwulstig und hatte die Haare komplett abgeschoren. Die knielangen Jeansshorts saßen unter seinem Kugelbauch. Über der Schulter hatte er einen orangefarbenen Seesack hängen, mit SS-Zeichen und Hakenkreuzen drauf, die einen linksherum, die anderen rechtsherum, zur Sicherheit. In der einen Hand tug er einen transparenten Game-Boy-Pocket. Er musterte uns alle sorgfältig, einen nach dem anderen. Chuck stellte sich samt der prall gefüllten Reisetasche neben Sally an die Wand. Er schien kurz zu überlegen, ob er uns vorstellen solle, ließ es aber dann bleiben.

Der Neue legte den Seesack ab, steckte den Game-Boy in die Hosentasche, ging vor zum Tisch, nahm sich ein

Stück Kuchen und stopfte es mit drei Bissen in sich hinein. Er griff nach dem nächsten Stück Kuchen, fixierte dabei Kurt, der nach wie vor zurückgelehnt dasaß. »Bei uns fragt man, bevor man etwas nimmt!« fuhr Victoria den Neuen an. Sie war wieder ziemlich kontrolliert. Manchmal konnte sie einfach auf ihre Anfälle verzichten. Der Neue mampfte wortlos weiter. Drittes Kuchenstück. Christoph schien eine fernöstliche Entspannungsübung zu machen. Üblicherweise hält er es überhaupt nicht aus, wenn ein anderer mehr futtert als er selber. Viertes Kuchenstück. »Dir hat wohl niemand Manieren beigebracht!?« kreischte Victoria. Der Neue ignorierte sie. Er nahm jetzt offensichtlich Anna ins Visier. Er beugte sich ein wenig vor, wies schließlich mit dem Finger auf sie. »Wer ist denn diese häßliche Schnepfe?« fragte er. Eine Mädchenstimme. Keine Spur von einem Stimmbruch. »Wer ist denn dieses Tier?« fragte er, »wer ist denn diese häßliche Schnepfe?« Er schnappte das fünfte Stück Apfelkuchen. Anna verschwand vollends hinter ihrem Haarvorhang.

»Homer Simpson«, sagte Christoph in die kurze Stille hinein, die entstanden war, »ich werde dich Homer Simpson nennen. Du siehst aus wie Homer Simpson. Ja, ich denke, ich werde dich Homer Simpson nennen.« – »Genial«, murmelte Philipp neben mir. Oft hatte man von Christoph bis dahin nicht sagen können, daß er genial gewesen wäre. Der Neue hob langsam den Kopf. Er schluckte bedächtig den letzten Rest des fünften Kuchenstückes hinunter, griff sich ein sechstes, hob es mit ausgestrecktem Arm in Gesichtshöhe, zermantschte es in der Faust und legte den Klumpen Brei vor Christoph auf den Tisch. »Da hast du«, sagte er, »da hast du, es ist extra für dich zubereitet, behindertengerecht.« Er schob das Häufchen ganz nah an Christoph heran. »Für Behinderte muß die Nahrung ganz speziell zubereitet werden«, sagte er, »sozusagen vorgekaut. Behinderte brauchen vorgekaute Nahrung, und sie brauchen Windeln, sonst scheißen sie sich an.« – »Hundert Punkte«, murmelte Philipp, »ein Genie gegen das andere.« Ich dachte eine Sekunde lang an Gummidinosaurier und Psychotherapie und an Christophs Vater, der sich an seinem Marktstand im sechzehnten Bezirk Tag für Tag die Birne vollsoff; das wußten alle. Christoph wurde schlagartig so blaß wie Anna in ihren schlimmsten Zeiten. Er stand auf. »Die Hornhaut eines Mörders«, sagte ich zu Philipp, »jetzt wächst ihm die Hornhaut eines Mörders.« Philipp lachte nicht. Wir erwarteten den absoluten Exzeß, zumindest ein fliegendes Kuchentablett, doch Christoph drehte sich um und ging hinaus. »Er scheint gelernt zu haben«, sagte Chuck zu Sally.

Homer aß nach wie vor Kuchen. Er mußte einen auf weit operierten Magen haben oder so ähnlich. Victoria sah ihm mit offenem Mund zu. Sally war sichtlich nervös. »Fürchtest du, daß er uns arm fressen wird?« fragte Chuck und stieß sie an. »Trottel«, sagte sie. »Benjamin und Christoph«, sagte Chuck, »das macht zwei Kilo Nudeln pro Mahlzeit.«

»Na und?«

»Und zwei Liter Cola.«

»Na und?«

»Zweitausend Kalorien!«

»Na und?«

»Fettsucht, Karies, eine Menge Kosten, und du bist dafür verantwortlich, du ganz allein.« Er grinste. Obwohl Chuck ganz eindeutig vor allem auf Helene stand, interessierte er sich genügend für Sally, um sie ununterbrochen mit irgendwelchen Essensdingen zu sekkieren. Oder er merkte einfach, was wir alle merkten, nämlich, daß er mit seinen treuherzigen Augen der einzige war, der eine Chance hatte, Jungfer Sally zu knacken. Vielleicht war es ein wenig Eitelkeit und ein wenig der Pioniergeist des Entwicklungshelfers. So oder so – Chuck war in Ordnung und Sally ein verhungertes Knochengerüst. Philipp sagt gelegentlich, sie könne ihre pädagogische Ausbildung eigentlich nur in der Sahel-Zone oder bei den Weight-Watchers gemacht haben, und wenn Jasmin dabei ist, sagt sie: »Und in einem Gefängnis, ganz eindeutig in einem Gefängnis!« Ich muß mich dann erinnern, wie sie uns mit einem harten Ausdruck im Gesicht das Jugendgefängnis prophezeit und sich dabei wünscht, daß wir keine Trinkschokolade bekommen und keinen Apfelkuchen und abgezählte dreiundzwanzig Spaghetti pro Mahlzeit, ohne Sauce, ohne Parmesan. Ich denke an Schlagringe und Psychologen, die mit Justizwachebeamten Starkbier trinken. Ich stelle mir Sally dazu vor. Alles hat seine Richtigkeit.

Die Rothaarige lehnte mit verschleiertem Blick an der Wand und summte. Manchmal passieren in Familien Dinge, die einen summen lassen. Der Neue fixierte jeden von uns, abwechselnd, und verschlang sein tausendstes Kuchenstück. Anna versank langsam unter den Tisch. Philipp stand auf und holte den Kaffee, der längst durch die

Filtermaschine geronnen war. »Gibt's Schlagobers?« fragte er. »Sind wir hier in einer Konditorei?« fragte Sally retour. Sie ließ wirklich nichts aus, um dem Bild, das die Leute von ihr hatten, gerecht zu werden. »Meine Mutter hat mir von Geburt an die Hosen konsequent um zwei Nummern zu groß gekauft«, sagte er, »das Brot hat meistens ihr gerade aktueller Hausfreund aufgefressen, wenn ich nach Hause komme, aber Schlagobers zum Kaffee gibt's immer.« – »Bin ich deine Mutter?« fragte Sally. »Rein altersmäßig könnte es sich fast ausgehen«, sagte Chuck, was natürlich in Wahrheit ein Blödsinn war, denn Philipp ist sechzehn und Sally neunundzwanzig, und die dreizehnjährigen Mütter sind nach wie vor nicht so wirklich das Übliche. »Nein danke«, murmelte Philipp. Victoria begann spitze Schreie der Begeisterung auszustoßen. »Ja!« rief sie, »ja, ja! Sally wird meine Mutter. Ich möchte, daß Sally meine neue Mutter wird!« Sally drehte die Augen nach oben und streckte die Arme abwehrend von sich. Victoria versuchte auf Sally loszustürmen. Kurt hielt sie an ihrem Minnie-Maus-T-Shirt zurück. Sie versuchte sich unter heftigem Schimpfen zu befreien. Als Kurt sie plötzlich losließ, stolperte sie nach vorne und landete auf den Knien. »Arschloch!« brüllte sie, »Arschloch!«, doch in diesem Moment achtete keiner auf sie, denn in der Tür stand Christoph. Er hatte beide Arme auf dem Rücken und auf dem Kopf seine L.A.Lakers-Kappe. »Du bist tot!« sagte er, »Homer Simpson, du bist tot!« Er ging langsam und bestimmt auf den Neuen zu. Nach wenigen Schritten konnten wir sehen, daß es eine Baseballkeule war, die Christoph da hinter dem Rücken trug. Es paßte nicht wirklich zusammen: Auf dem Kopf eine Basketballkappe und hinter dem Rücken eine Baseballkeule, – meine Baseballkeule. Ein Irrtum war ausgeschlossen: blankes Aluminium, drei von mir selbst aufgemalte ultramarinblaue Sterne, der Griff aus lackiertem Buchenholz. Wie kam er dazu? war ich noch imstande, mich zu fragen, da holte Christoph zum ersten Mal aus.

Alles lief ab wie in Zeitlupe: Sally schrie auf. Chuck stieß sich kräftig von der Wand ab. Der Neue hielt im Kauen inne. Für einen Moment blickte er direkt in den Schlag. Die Keule kam in schönem Bogen nach unten, traf ihn präzise auf dem Scheitel, und wenn ein Schädel eine Melone wäre, so hätten wir in diesem Moment eine ziemliche Bescherung gehabt. Der Neue knickte auf der Stelle, auf der er stand, langsam ein. Christoph schwang das Ding nach hinten, um es erneut hochzubringen. Philipp griff zum Tablett, nahm das vorletzte Kuchenstück und schleuderte es in Richtung Christoph. Es klatschte exakt gegen Christophs Brille. Der zweite Schlag brach im Ansatz ab. Die Keule krachte auf den Tisch, die Tassen hüpften, und Chuck umfing in derselben Sekunde Christoph von hinten mit seinem Schraubstockgriff.

Der Neue lag auf dem Rücken da, die Augen geschlossen. Blut quoll aus der Platzwunde. Alle starrten auf ihn hinab, auf seinen Kahlkopf, auf die rund vorspringende Mundpartie, und eines lag klar auf der Hand: Er war Homer Simpson.

Victoria nahm ein Glas mit Orangensaft und knallte es unter maximalem Geheule gegen die Wand, aber das kratzte in diesem Augenblick niemanden. Christoph blickte mich triumphierend an. »Du hast vergessen, dein Zimmer abzusperren«, sagte er. Ich stand auf. Zu ihm sagte ich nichts. Er konnte nichts dafür. Unter anderem bringt man uns bei, Gelegenheiten zu nützen. Im Vorbeigehen hörte ich die Melodie, die die rothaarige Neue summte, etwas genauer. Sie kam mir bekannt vor: ein wenig von einem Kirchenlied plus eine Spur von Happy Birthday, egal. Sie selbst, die Neue, streckte mir jedenfalls die Hand entgegen, in einer Mischung aus automatisch und förmlich. Ich war so verblüfft, daß ich sie ergriff. »Dominik«, sagte ich, »freut mich sehr«, und das war so was von blöd, daß ich dann draußen auf dem Gang einen mittleren Lachanfall bekam.

Meine blaue Kipling-Umhängetasche lag auf dem Bett, anscheinend unberührt. Der Revolver war noch drin. Christoph hatte offenbar gewußt, daß rechts hinten in meinem Kleiderschrank der Platz für die Keule war. Vielleicht hatte er sie auch schon früher genommen. Wie gesagt, man trichtert uns ein, wie wichtig es sein kann, Gelegenheiten zu nützen.

Ich holte den Discman aus dem Schreibtisch, fingerte meine CDs durch, überlegte kurz R.E.M., ließ es bleiben, das heißt, ich fand letztlich nichts, das gepaßt hätte. Für manche Lebenslagen gibt es keine Musik. Das war die pure Navajo kreuz Taoismus kreuz Eskimo-Weisheit: Für manche Lebenslagen gibt es keine Musik. Ich kramte in der Tasche nach dem Timer. Am Vortag hätte ich einen Abendtermin gehabt, wäre mir nicht die Sache mit dem Zug dazwischengekommen. Meiner Kundschaft kam es normalerweise auf einen Tag auf oder ab nicht an. Die

Leute waren häufig zu Hause, und die wichtigsten Telefonnummern wußte ich auswendig.

Ich bohrte mit dem Fingernagel ein Loch in eines der beiden Nylonsäckchen, die ich von Yoko bekommen hatte, ging aufs Klo und spülte mit einem Schluck Wasser eine der hellblauen Dänischen mit Doppelanker hinunter. »Dominik, du setzt deine Gesundheit aufs Spiel«, hatte meine Mutter gesagt, als sie zum ersten Mal wahrgenommen hatte, daß ich etwas einwarf. Ich hatte sie angesehen von oben bis unten, ihr toupiertes Haar, ihre halbtransparente schwarze Bluse, ihre silbergesprenkelten Leggings, ihre schwarzen Lackstiefeletten, ich hatte *Opium* gerochen, fünfundzwanzig Schichten übereinander, und ich hatte gedacht, daß sie »Dominik, du setzt deine Gesundheit aufs Spiel« sagte wie eine Hausfrauenmutter. Ich hatte mir vorgestellt, wie sie halbtags Halsbänder gegen Flöhe verkaufte und bei der Kastration hoffnungsvoller Hauskater assistierte, hatte mich gefragt, ob sie manchmal zum Amtsarzt ging und wie das mit meiner kleinen Schwester war, die da angeblich von dieser Salzburger Pflegefamilie in bösartiger Weise abgeschirmt wurde. Ich hatte nichts gesagt, kein Wort. Sie erzählte die Sache mit den Tabletten dem Stiefvater, nicht sofort, sondern erst, als sie es erneut mitbekam. Der Stiefvater setzte augenblicklich meine Gesundheit aufs Spiel.

Ich nahm eine Unterhose und das Nike-T-Shirt mit dem blau-weißen Wellenmuster aus dem Schrank und steckte es in die Umhängetasche. Keine Socken, in die Converse steige ich im Sommer am liebsten barfuß. Ich wandte mich Gianluca Vialli zu, faltete die Hände und betete um Vergebung für mich und um Glück für meine Schwester. Ich tat das seit etwa einem halben Jahr. Es war eine ziemlich abartige Angewohnheit, aber ich wußte, daß ich in nächster Zeit nicht davon loskommen würde. Dann ging ich hinaus, um meine Termine zu checken. Ich mache das fast immer von der Telefonzelle aus, die sich zwei Häuserblocks weiter befindet, schräg vor dem italienischen Restaurant mit der schlafenden Seejungfrau auf dem Schild. Dort stört mich keiner.

3

Ich weiß nicht, ob das Haus, in dem die Lombardi wohnt, tatsächlich ein Palais ist, ich weiß jedenfalls, daß es so ist, wie ich mir ein Palais vorstelle: riesig, Marmorböden in blauen und hellgrauen Rhomben, ein enormes Stiegenhaus mit einer Doppeltreppe wie für den Papst samt Gefolge, in der Liftkabine Messingknöpfe und jede Menge tropisches Holz, dort und da eine Statue, vier Meter hohe Bogenfenster, und so weiter und so fort. Ich habe sie im Verdacht, daß ihr die ganze Hütte auch gehört, doch sie gibt da keine eindeutige Antwort. »In einem gewissen Sinn im Besitz der Familie«, sagt sie bestenfalls, oder so ähnlich. Vom Schlafzimmerfenster schaut sie auf einen der wichtigen Hofburgtrakte, Bundespräsident oder Lipizzaner oder beides, und es gibt mit Sicherheit andere Fenster, durch die man den Stephansdom, das Parlament und das Schloß Belvedere sehen kann. Im Grunde ist mir das aber alles egal, Hauptsache, sie zahlt gut, eintausendzweihundert ohne Übernachtung, eintausendachthundert mit. Ob sie das Geld aus dem Haus hat oder aus ihrem Geschäft, macht keinen Unterschied. Sie verkauft in einem winzigen Souterrainlokal zwischen Albertina und Dorotheergasse Kämme, Brieföffner und Brillenfassungen aus Naturhorn. Es gibt sicher nicht mehr als drei Menschen auf der ganzen Welt, die gleich viel über Naturhorn wissen wie Roswitha Lombardi. Sie kann zum Beispiel erklären, warum es gefährlich ist und fast zwangsläufig zu schweren Verletzungen der Kopfhaut führt, wenn man einen Kamm aus dem besonders spröden Horn malaysischer Büffel verwendet. Oder sie schwärmt vom schwarzgrünen Lüster, den das polierte Horn einer winzigen Hochlandrindpopulation am Nordufer des Loch Inverness besitzt. Oder sie erzählt, daß sie immer wieder Kirschholzschatullen mit Stiletten aus dem Horn katalonischer Kampfstiere an bestimmte Adressen auf Sizilien versendet. Sie selbst trägt unter anderem eine Brille aus dem rostroten Horn eines tibetanischen Yaks und schwärmt bei jeder Gelegenheit von jenem wunderbaren Tag, an dem sie auf dem Londoner Flughafen zufällig in die Delegation des Dalai Lama geriet und unversehens ihm selbst gegenüberstand. Dabei ist sie ansonsten ganz und gar keine jenseitige Person.

Die Lombardi trug ein knielanges dottergelbes T-Shirt, darüber eine grüne Gärtnerschürze mit einem reichlich protzigen Phantasiewappen vorne drauf. Sie hatte ihr üppiges graues Haar aufgesteckt und sah irgendwie aus wie eine dieser überraschend alternden italienischen Filmschauspielerinnen. »Ich bin noch bei den Rosen«, sagte sie, »beim Zwischenschnitt.« Wer weiß, was ein Zwischenschnitt ist. Sie stand barfuß in der Tür. Ihre Großzehen waren beide nach innen gedreht. Schlechte Schuhe wahrscheinlich. Die Eingangstür zu ihrer Dachgeschoßwohnung sieht übrigens aus wie der verlotterte Zugang zu einem Abstellraum, nur besteht sie aus mehreren Schichten Stahlblech und was weiß ich wievielen Sicherheitsbolzen rundherum. Bei uns zu Hause war das immer eher umgekehrt: Nette Eingangstür, meistens frisch gestrichen, und dahinter alles wie ein Abstellraum.

Ich legte mich auf diesen Liegestuhl aus Teakholzleisten, auf dem man auch ohne Polster keine Druckstellen bekommt. Rings um mich war die Dachterrasse wie ein Gewächshaus. Die Lombardi schnipselte in den Dornen herum, legte mir schließlich eine Rose auf die Brust. Ich blinzelte sie gegen das Licht an. »Evelyn«, sagte sie. »Ich kenne keine Evelyn«, antwortete ich. »Nein«, sagte sie, »das meine ich auch nicht. Die Rose heißt Evelyn. Sie kommt von Harkness, aus England. F Stufe neun, magnificent fragrance.« »Magnifi was?« fragte ich. Die Lombardi lachte. Sie schnitt eine weitere Rose ab und hielt sie mir unter die Nase: »Da, riech einmal.« Ich schloß die Augen, ganz kurz, denn mit dem ersten Molekül, das meine Nase erreichte, war mir klar, woran mich dieser Duft erinnerte. Ich hatte das Bild des bauchigen Estée-Lauder-Fläschchens mit dem feinen silbernen Schriftzug vor Augen, das bei uns zu Hause jahrelang auf der Vorzimmerkommode gestanden war. Ich wünschte mir ein mittleres Herzrasen oder eine leichte Übelkeit, doch es kam nichts dergleichen. »Na, wie riecht sie?« fragte die Lombardi. »Nach Zitrone«, gab ich zur Antwort, »ich denke, sie riecht nach Zitrone.« Die Lombardi schnupperte selbst an der Rose. Sie bekam einen romantischen Blick. »Willst du ein wenig mehr verdienen als sonst?« fragte sie, »sagen wir um dreihundert Schilling?« Ich will immer mehr verdienen. Trotzdem versuchte ich skeptisch dreinzuschauen. Man muß bei derlei Angeboten prinzipiell vorsichtig sein. Sie lachte wiederum. »Du brauchst keine Angst zu haben«, sagte sie, »es ist völlig ungefährlich.« »Was muß ich tun?« fragte ich. »Zieh dein Hemd aus«, sagte sie.

»Sonst nichts?«

»Nein, sonst nichts.«

»Sicher nicht?«

»Übertreib nicht! – Nein, sonst nichts!«

Ich zog das T-Shirt aus und legte mich wieder zurück. Die Lombardi schnitt neben mir eine Rose nach der anderen ab. »Evelyn«, kommentierte sie nebenbei, »City of London, Don Juan«, und so fort. Sie häufte die Rosen auf mich, zuerst auf meinen Oberkörper, dann auch auf mein Gesicht. »Augen zu und nicht bewegen«, sagte sie. Ich stellte mir vor, wie die Dornen durch meine Lider in die Augäpfel drangen und das Innere der Augäpfel aus den feinen Löchern quoll. Irgendwo hatte ich gehört, daß Augäpfel ausrinnen, wenn man sie ansticht.

Glücklicherweise verzichtete die Lombardi darauf, mir eine Evelyn vor die Nasenlöcher zu legen. Unmittelbar dort lag entweder gar nichts oder eine City of London oder eine New Dawn oder was weiß ich, jedenfalls etwas, das weniger penetrant roch, so daß ich auf einen Herzanfall verzichten und entspannt an Helene denken konnte. Helene hatte unlängst Kokoskuppeln im Nachtdienst mitgehabt, und abgesehen davon, daß ich es sehr nett von ihr fand, mir auch eine anzubieten, war die Art, in der sie Kokoskuppeln aß, einfach umwerfend gewesen. Sie hatte erst den Oberteil der Kuppel abgehoben und ihn rundherum mit kleinen Mausebissen angenagt. Danach hatte sie langsam die Creme vom Waffelboden geleckt. Am Schluß hatte sie den Rest rappzapp hinuntergeschlungen. »Olala!« sagte die Lombardi plötzlich. Olala, – ich hatte einen Ständer, das war es. »Darf ich dich fotografieren?« fragte sie.

»Mit oder ohne?«

»Was meinst du mit ›mit oder ohne‹?«

»Mit oder ohne Hose?«

»So wie du bist«, sagte sie, »mit Hose, das macht die Sache in gewisser Weise noch reizvoller.«

»Zweihundert zusätzlich«, sagte ich. Umsonst ist der Tod. Kurz darauf hörte ich schon das Klicken der Kamera. Mir war, als fließe schlagartig Eiswasser durch die Adern. Das kommt von früher. Es ist nicht wegzukriegen, trotz all der Dinge, die inzwischen passiert sind. Es ist wie bei diesen Hunden, die speicheln wie verrückt, wenn die Glocke schellt. »Nicht lächeln!« sagte sie, als ich automatisch die Mundwinkel hochzog, »es hat etwas Tragisch-Romantisches. So tragisch-romantisch, daß es weh tut.« Ich stellte mir die Dornen auf meiner Haut vor und versuchte den Frost unter meiner Haut loszuwerden. Das Geräusch des Kameraverschlusses, fünfmal, siebenmal, zehnmal. Außerdem wunderte ich mich, daß sie mein Lächeln überhaupt hatte sehen können. Egal, lächelte ich halt nicht!

Sie befreite mich so behutsam von den Rosen, daß ich hintennach nur zwei minimale Kratzer über dem rechten Schlüsselbein hatte. »Der Held ist fast unverletzt«, sagte sie. Ich dachte nach wie vor an Kokoskuppeln und an Helenes Knabberlippen. Mein Ständer war allerdings konsequent am Wegfrieren. »Willst du Abzüge von den Fotos haben?« fragte sie mich. Fotos lassen sich immer ganz gut ökonomisch verwerten. Speziell bei Rosen samt Erektion fiel mir ein ganzer Haufen an möglichen Abnehmern ein. Von Romsich, dem Wildbach- und Lawinenverbauer, wußte ich zum Beispiel, daß er eine Sammlung ziemlich eigenartiger Poster besaß: Mädchen mit Küchengeräten oder schwarzes Leder vor berühmten Bauwerken. »Ja«, sagte ich, »drei Exemplare von jedem Bild.« Ich wollte nicht allzu unverschämt erscheinen, und im Fall des dringenden Bedarfes gab es immer noch die *Bild vom Bild*-Methode.

Die Lombardi wässerte die Rosen in einer würfelförmigen Glasvase ein und stellte sie auf den winzigen runden Kaffeehaustisch, der ihr als Frühstücksplatz diente. Ganz ehrlich, es sah ziemlich zum Niederbrechen aus, rot und weiß und rosa und orange, wild gemischt. Anfangs hatte Wolfgang ab und zu versucht, Blumen in die WG mitzunehmen, doch nach der Ankunft Victorias hatte er das rasch wieder bleibenlassen.

»Ich habe mir gedacht, es gibt Pfeffersteak mit Mais und Basmatireis«, sagte die Lombardi, »ist dir das recht?« Ich nickte. Bei der Lombardi gab es so zirka jedes zweite Mal Pfeffersteak mit Mais und Basmatireis, dafür krieg ich es sonst nirgends. »Ich würde dir ja gerne einmal Seezungenröllchen mit Selleriefarce und Basilikumpüree kochen«, fuhr sie lächelnd fort, »aber ich denke nicht, daß du auf so was stehst.« Die Leute wissen immer unheimlich genau, worauf man steht und worauf nicht. Wobei ich gerechtigkeitshalber sagen muß, daß die Lombardi diesbezüglich nicht zu den Schlimmsten gehört. »Seezungenröllchen mit Selleriefarce sind meine absolute Lieblingsspeise«, sagte ich, »auf Basilikum bekomme ich leider Urtikaria und Atemnot.« Sie war irritiert. »Du magst Seezunge und Sellerie?« fragte sie, während sie die grüne Gärtnerschürze gegen eine rosa-weiß gestreifte Kochschürze tauschte.

»Früher haben wir oft Seezunge mit Sellerie bekommen.«

»Du hältst mich wohl für blöd.«

»Wie Sie glauben.«

»Du kannst mir doch nicht erzählen, daß deine Mutter Seezunge gekocht hat!?«

»Aber gekocht hat sie manchmal, Ehrenwort.« Die Lombardi leerte Öl in eine Stahlpfanne.

»Und wie ist das mit Basilikum, auf das du Atemnot kriegst und was weiß ich noch alles?«

»Urtikaria – Nesselausschlag.«

»Nesselausschlag und Atemnot auf Basilikum?«

»Mein Stiefvater hat auf Erdbeeren und Walnüsse Urtikaria und Atemnot bekommen.«

»Auf Erdbeeren und Walnüsse? Dein Stiefvater?«

»Jawohl, rote Flecken am ganzen Körper und Erstickungsanfälle auf winzige Mengen von diesen Sachen.«

»Und wie geht's ihm jetzt, deinem Stiefvater?«

»Ich weiß nicht«, sagte ich, und das war in einem gewissen Sinn nicht einmal gelogen.

Wir kochten, das heißt, ich schnitt Zwiebeln, schob den Mais in die Mikrowelle und preßte Ketchup in die Sauce; den Rest besorgte die Lombardi. Beim Flambieren vergaß sie wieder einmal den Dunstabzug abzuschalten, so daß die Flammen einen dreiviertel Meter senkrecht nach oben schossen. Sie kreischte hysterisch auf und erinnerte mich dabei an Jasmin. Das mit dem Dunstabzug machte sie extra für mich, ich war ziemlich sicher. »Haben Sie eine Tochter?« fragte ich. Sie zog die Augenbrauen in die Höhe. »Nein, du weißt doch, daß ich keine Kinder habe.«

»So ungefähr siebzehn Jahre alt?«

»Nein, nein, nein, auch nicht sechzehn oder dreiundzwanzig. Wie kommst du darauf?«

»Nur so, kein echter Grund.«

Apropos Jasmin, – die dänischen Doppelanker von Yoko schienen aus hundertprozent unverfälschtem Traubenzucker zu bestehen. Seit dem Einwurf waren vielleicht zwei Stunden vergangen. Wirkung null, null komma nix.

Anfangs waren mir die Steaks der Lombardi jedesmal viel zu blutig gewesen, und ich hatte mich überwinden müssen, – Augen zu und rasch schlucken und so. Inzwischen mochte ich es, wenn sich die roten Schlieren vom Anschnitt in die Sauce mischten. Und ich mochte es auch, mit dem Messer Pfefferkörner ins rohe Zentrum des Fleisches zu pressen.

»Erzähl mir was«, sagte die Lombardi. Das gehörte zum Ritual. »Prost«, sagte ich und hob das Glas. Sie trank kalifornischen Rotwein, ich Cola-Rum, viel Cola, wenig

Rum. »Auf den Nesselausschlag«, sagte sie und lachte. Von manchen Dingen hat sie bis jetzt keine Ahnung. »Bin ich ein Märchenonkel?« fragte ich. Das gehörte auch zum Ritual.

»Ich will kein Märchen hören. Erzähl mir was von dir.«

»Sie sollten wirklich Jakob einmal kennenlernen, den Geschichtenerzähler.«

»Geht er auch zu älteren Damen?«

»Ich weiß nicht. Er erzählt jedenfalls die ärgsten Sachen, und keiner weiß, ob sie wahr sind oder nicht.«

»Jakob ist nicht hier. Erzähl du mir was«, sagte sie und beugte sich nach vor, so daß ihre Titten in dem dottergelben T-Shirt beinahe auf den Teller kollerten. Das sah nett aus. Dann quetschte sie mit der Gabel auf ihrem Stück Fleisch herum. Rote Schlieren, die sich in die Sauce mischten. Das erinnerte mich an etwas, das mit Badewanne zu tun hatte und mit sonst noch allerhand, das allerdings schon hundert Jahre zurücklag. Ich erzählte es jedenfalls nicht. Ich nahm einen ordentlichen Schluck, um mich wieder warm zu machen. Ich weiß, es klingt komisch, aber Cola-Rum wärmt mich tatsächlich, auch wenn es aus dem Kühlschrank kommt.

»Christoph hat dem Neuen den Schädel eingeschlagen«, erzählte ich, »mit meiner Alu-Baseballkeule.« Die Lombardi schüttelte den Kopf. »Alu-Baseballkeule – daß du immer so bewaffnet sein mußt?!« sagte sie. Sie machte dabei einen ziemlich hingerissenen Eindruck. »Wo ist meine blaue Kipling-Tasche?« fragte ich. »Ich habe sie im Vorzimmer auf den Kleiderständer gehängt«, sagte sie, »brauchst du etwas daraus? Oder warum fragst du?«

»Nein, nur so. Ich brauche jetzt nichts.«

»Wie hieß der Neue?«

»Homer heißt er, Homer Simpson.«

»Red keinen Blödsinn. Kein Mensch heißt so.«

»Doch, er heißt so, seit dem Moment, in dem er bei der Tür hereingeschaut hat.«

»Ist er tot?«

»Ich hoffe nicht.«

»Was meinst du mit: Ich hoffe nicht.«

»Ich bin abgehauen, bevor es klar war, ob er stirbt oder nicht.«

»War er schwer verletzt?«

Ich zeigte auf ihren Teller. »Eine Spur dramatischer hat es ausgesehen als das hier«, sagte ich. Ich beschrieb, wie die Keule in einer exakten geometrischen Figur niedergesaust war und Homers Scheitel nordsüd getroffen hatte. »Wäre es ein Schwert gewesen, hätte es ihn präzise längsgeteilt«, sagte ich. »Oder ein Henkersbeil«, sagte die Lombardi mit glänzenden Augen. In gewisser Weise hat sie es auch mit den Waffen. Vielleicht hat das mit ihrem Ex-Mann zu tun. Er ist ein ziemlich prominenter Anwalt, mehr Wirtschaft als Strafverfahren, und hat sie vor einigen Jahren wegen einer dreiundzwanzigjährigen Praktikantin aus Genf verlassen. »Silikon statt Sex, verstehst du«, sagt die Lombardi manchmal, »Silikon statt Sex, das macht weniger Angst.« Seit der Scheidung brennt er auf alle Fälle wie ein Luster, ist sozusagen die dritte Einkommensquelle seiner Ex-Frau. Sie sagte einmal, es hätte sich so oder so nicht ausgezahlt, ihn umzubringen.

»Wann hast du selbst zuletzt jemanden verletzt?« fragte

die Lombardi. Ich sah einen kurzen, trüben Film, in dem ich Jimmy vor der gesamten Klasse das Tafellineal so auf den linken Unterarm schlug, daß mit einem trockenen Knacken Elle und Speiche brachen. Das war vor eindreiviertel Jahren passiert und endgültig der Auslöser für den Beschluß des Jugendamtes gewesen, mich aus der freien Wildbahn abzuziehen und in eine sozialtherapeutische Wohneinrichtung zu stecken. So hieß das. Die Angelegenheit mit meinem Stiefvater war zwei Monate früher abgewickelt worden, der amtliche Teil.

»Gestern«, sagte ich schließlich, »gestern habe ich jemanden verletzt.« Die Lombardi war verwirrt: »Hast doch du zugeschlagen und nicht Christoph?« – »Das war heute«, sagte ich, »nicht gestern.« Dann erzählte ich die Geschichte von der Bahnfahrt, einschließlich den letzten Teil, ab jenem Punkt, an dem ich aus dem Zug gesprungen war.

Ich habe eine gewisse Routine im Abspringen von Zügen, daher überraschte mich weder die Höhe bis zum Boden noch die Unnachgiebigkeit des Bahnkörperschotters. Überraschend war eher, daß sich danach keine nennenswerten Hindernisse boten, keine dornenbewachsenen Abhänge, keine mit ausrangierten Kühlschränken und leeren Konservendosen gefüllten Gräben, keine Klapperschlangen, keine Skorpione. Eine flache Senke, eine lockere Reihe von Büschen – und ich stand auf einem mehrere Meter breiten Wiesenstreifen neben einem Maisfeld. Der Mond war zirka halbvoll, und meine Augen gewöhnten sich rasch an die Dunkelheit. Ich sah den Zug vor mir mit all seinen Lichterfenstern und den Köpfen der Leute drin. Ich fand den Anblick irgendwie schön, erhebend, glaube ich, sagt man dazu. Als ich knapp hintereinander mehrere Türen gehen hörte, schlug ich mich allerdings ins Maisfeld. Ich querte fünf Pflanzreihen feldeinwärts und ging im folgenden Zwischenraum weg vom Bahndamm. Ich mußte mich nicht einmal ducken, die Maispflanzen waren schätzungsweise einsachtzig hoch oder vielleicht sogar zwei Meter. Der Revolver scheuerte an meiner rechten Hüfte. Ich nahm ihn aus dem Hosenbund und hielt ihn mit beiden Händen und halb ausgestreckten Armen vor mich hin, so wie im Film die Kriminalbeamten, die in die Höhle des Mörders eindringen. Ich stellte mir diesen Serienkiller aus ConAir vor, nicht John Malkovich, sondern den anderen, diesen Milchgesichttypen, den sie nur auf einen Spezialstuhl geschnallt transportieren können, weil er ansonsten beißt. Ich stellte mir vor, wie er sich an dieses kleine Mädchen in der Sandkiste heranmacht, auf die Sanfte, mit Spielsachen und so, und keiner weiß, was er tun wird. Er kauert vor dem Mädchen, lockt es mit einem Stofftier, süßlich, zugleich die Eckzähne ausgefahren wie ein Vampir. Ich nähere mich von schräg hinten, nehme seinen Kopf ins Visier, einen Punkt, genau zwei Zentimeter oberhalb seiner Ohrmuschel. Bevor ich abdrücken konnte, war ich am Ende des Maisfeldes angelangt. Es folgte ein kurzes Stück Feldweg, dahinter eine Siedlung mit Peitschenleuchten. Ich steckte den Revolver wieder in die Hose, etwas mehr nach hinten, T-Shirt drüber und weg.

Die Häuser waren alle neu, serienweise Wintergärten, zum Teil noch halb Baustelle, kein Außenverputz, keine

Dachrinnenanschlüsse, kaum Zäune. In der Garagenauffahrt des vierten Hauses war das Gefährt abgestellt. Der Schein der Straßenlaterne lag voll drauf. Es war ein graugrünes KTM-Pony, Jungsteinzeit sozusagen. Ich drehte mich langsam einmal rundherum. Das vierte Haus selbst war völlig dunkel, im Haus nebenan war ein Fenster mit rotbraunen Vorhängen erleuchtet. KTM-Pony-Fahrer ziehen nie den Schlüssel ab. Das liegt einerseits daran, daß man diesen Startschlüssel an keinen Schlüsselbund dieser Welt hängen kann, es sei denn, man bohrt ein Loch durch, andererseits an der neunundneunzigkommaneunprozentigen Wahrscheinlichkeit, daß sich heutzutage niemand mehr findet, der ein KTM-Pony stiehlt. Ich gehöre also wieder einmal zu einer Minderheit. Aber damit kam ich inzwischen halbwegs gut zurecht. Ich beförderte das Gerät die Auffahrt hinunter, sehr behutsam, denn es gab dort noch kein Pflaster, und auf dem Kies knirschte jeder Schritt ganz gewaltig. Ich schob es weitere sieben Häuser entlang. Dann griff ich nach unten, öffnete den Treibstoffhahn, klappte den Kickstarter aus – und gib ihm! Das Moped sprang beim zweiten Versuch an. Das hieß, daß weder die Zündkerze verrußt noch der Vergaser verschlammt war, die beiden Dinge, die beim KTM-Pony permanent vorkommen, wenn man es nicht ständig fährt und regelmäßig wartet. Der Scheinwerfer funktionierte auch, und das Gefühl für die Fußschaltung würde bald wieder dasein. Ich hatte mich lange genug in der Zweiradbranche bewegt, zumindest am Rande, Abholungen und Transaktionen.

Ich fuhr die Straße entlang, an einem Supermarkt, einem Holzlagerplatz und einer aufgelassenen Tankstelle vorüber. Das Pony lief fast siebzig, also hatte jemand herumgebastelt, den Auspuff ausgeräumt, die Übersetzung getauscht, den Vergaser aufgebohrt oder sonstige Frisiermaßnahmen vorgenommen. Derjenige mußte das Ding gemocht haben. Es war warm und windstill, kein Verkehr, keine Polizei. In Summe ein absolut erträglicher Zustand: eine Sommernacht, ein Moped unterm Hintern, das siebzig geht, und keine Polizei auf der Straße.

Bei einem Hinweispfeil bog ich nach links in Richtung Rohrdorf und Autobahn ab. Ein schwarzer BMW, 7er Serie, Niederquerschnittreifen, überholte mich. Ich hatte kurz die Idee, es könnten die beiden Glatzköpfe aus dem Zug sein. Ich griff nach dem Revolver. Er war mir nicht nennenswert aus der Hose gerutscht. Der Wagen war eher langsam gefahren. Der Innenraum war erleuchtet gewesen, das hatte eigenartig gewirkt. Vielleicht dreht er hinter der nächsten Kurve um und kommt zurück, dachte ich, vielleicht steckt irgendeiner eine automatische Waffe aus dem Seitenfenster und: ratatatata. Später findet man mich samt der Anaconda, und ich habe nicht einmal eine Chance gehabt, sie abzufeuern. Ich dachte an jenen kolumbianischen Spieler, den sie nach der Rückkehr von der 94er WM einfach abgeknallt hatten, weil er ein Eigentor geschossen oder einen Elfmeter vergeben hatte oder irgend etwas in diese Richtung. Konnte sein, daß er heimgeflogen war, sich auf sein kleines Kind gefreut und sich im Grund nichts gedacht hatte, und plötzlich war dieser Typ mit der dunkelgrünen Strumpfmütze vor ihm gestanden und hatte gesagt: »Lieber Freund, es tut mir leid.« Er selbst hatte eine kleine Pistole in seiner Sporttasche stecken, für alle Fälle oder weil das in Kolumbien dazugehört wie eine Zahnbürste, und er stellte sich noch vor, wie es wäre, die Pistole in der Hand zu halten und einfach abzudrücken, ohne das Staunen hinter der grünen Mütze sehen zu können.

Nach einer langgezogenen Linkskurve innerhalb eines Waldstückes tauchte unmittelbar hinter einem selbstgemalten Hinweisschild mit einem bunten Hahn drauf eine blockhausartige Raststation auf. Obwohl es weit nach Mitternacht war, standen zumindest zwanzig Autos auf dem Parkplatz, vorwiegend LKWs, einige mit österreichischem Kennzeichen. Ich hielt an und stellte das Moped ab. Den Startschlüssel steckte ich ein. Man konnte ja nie wissen.

Das Innere sollte wohl nach Saloon aussehen: halbhohe Schwingtüren, rohe Holzmöbel, einige langläufige Gewehre und ein verstaubter Bärenschädel an der Wand. Hinter der Bar stand eine Frau, die eine gewisse Ähnlichkeit mit Peter Schmeichel hatte, dem dänischen Tormann, jedoch gut eineinhalbmal so breit war. Ich ging hin und bestellte ein Cola. »Essen?« fragte sie, »du siehst aus, als ob du etwas vertragen könntest.« – Und wenn ich mich umdrehe, hockt Clint Eastwood am übernächsten Tisch, dachte ich. »Gibt's noch was um diese Zeit?« fragte ich. »Wer Hunger hat, kriegt bei mir immer was, okay?« sagte sie. »Okay«, sagte ich.

»Warm oder kalt?«

»Warm, wenn's nicht zu große Umstände macht.«

»Seh ich nach großen Umständen aus? Serbische Bohnensuppe, Weißwurst mit Senf und Brot, Omelett mit Speck, Zwiebel, Mais und Pfefferoni?«

»Omelett«, sagte ich, »viel Mais, wenig Zwiebel. Von Zwiebel bekomme ich Sodbrennen.« – »Kein Sodbrennen«, sagte sie, »viel Mais und viel Speck. Du siehst nach viel Speck aus.« Frau Schmeichel hatte die Welt im Griff. Sie verschwand in der Küche.

Die letzte warme Mahlzeit hatte ich vor drei Tagen mit Emilie und Katharina, den beiden Lehrerinnen, eingenommen. Emilie unterrichtet EDV und Betriebswirtschaftslehre an einer Handelakademie im dreizehnten, Katharina Deutsch und Geschichte an einem Privatgymnasium im neunzehnten Bezirk. Erst Cipriani-Nudeln mit Fisch in Sauce, dazu reichlich Sekt, dann ein, zwei Highballs, und ab in Rot und Schwarz und Glatt und Glänzend. Katharina war diejenige, die kochte, und Emilie diejenige, die manchmal darauf bestand, mich zu füttern. Aufpreis zweihundertfünfzig normal, vierhundert mit Sauerei samt Putzen. Emilie war auch diejenige, die augenblicklich total abhob, sobald sie etwas Speediges zu sich nahm. Katharina mußte sie dann einschränken, mit allen möglichen Mitteln. »Wer einmal Nudeln von Cipriani gegessen hat, mag keine anderen mehr«, sagten die zwei. Einerseits hatten sie schon recht damit, andererseits war es immer eine Frage des Hungers. Diese dünnen Bandnudeln hatten mir jedenfalls geschmeckt, und Fisch war für mich gleich Fisch. Gerade zwischen Karpfen und Lachs kannte ich einen Unterschied, aber das lag auch mehr an der Farbe. In der WG gab's manchmal panierten Kabeljau mit Kartoffelsalat, das allerdings nur, wenn Ronald Dienst hatte und Jasmin zum Kochen dran war. Sonst war die WG fischfrei.

An der Wand hingen alte Schwarz-Weiß-Fotografien aus den Bayrischen Bergen: der Königsee, Kletterer in der Watzmann-Ostwand, eine Schafherde irgendwo, der Bau der Zugspitzenseilbahn. Alles nicht wirklich Wilder Westen. Trotzdem paßte es. Die Leute, die in der Gaststube saßen, paßten auch, obwohl keiner einen Cowboyhut dabeihatte.

Madam brachte mein Omelett, und es war vom ersten Augenblick an klar, daß alle Omeletts meiner Zukunft an diesem Omelett gemessen werden würden. Schätzungsweise fünf bis sieben Eier, flaumig aufgeschlagen, ordentlich viel Mais und Pfefferoni, ab und zu ein zarter Zwiebelring und drüber eine Handvoll krachend knuspriger Speckscheiben. Ich blieb an der Bar sitzen und haute ein, was ging. Der Frau gefiel es sichtlich. Sie lehnte da und schaute mir zu. »Gibt es hier jemanden, der mich nach Österreich bringen kann?« fragte ich sie nach einer Weile. Sie zog die Brauen hoch: »Du kommst doch aus Österreich. Zumindest sprichst du wie ein Wiener.«

»Stimmt. Ich will nach Wien zurück.«

»Wo warst du?«

»In Frankreich. Bei der Fußball-WM.«

»Und wie bist du bis hierher gekommen?«

»Zuerst mit der Bahn. Dann mit einem Moped. Weil mir das Geld ausgegangen ist.«

»Mit einem Moped?«

»Ja, mit einem ausgeborgten Moped. Das ist jetzt kaputt.«

»Ausgeborgt?!« Sie begann zu lachen. So sah sie eher aus wie Glenn Close. »Das ist das beste Omelett, das ich jemals gegessen habe«, sagte ich. »Lenk nicht ab!« sagte sie. Sie kam hinter der Theke hervor, stellte sich mitten in den Raum und klatschte in die Hände. »Meine Herren«, rief sie, »der hübsche junge Mann hier hat sich bei der Fußball-Weltmeisterschaft total ausgebrannt, und jetzt verweigert ihm auch noch das ausgeborgte Moped den Dienst. Wer nimmt ihn mit nach Wien?« Einige der Gäste glotzten mich an. Ein rothaariger Typ mit mächtigem Bauch und Walroßschnurbart richtete sich langsam auf. »Welches Spiel hat dir am besten gefallen?« fragte er mit zusammengekniffenen Augen. »Deutschland gegen Kroatien«, sagte ich. Er lachte schallend auf. »Hundert Punkte!« sagte er, »volle hundert Punkte! Ich kann dich aber nur bis Salzburg mitnehmen, maximal bis Wels.« – »Wels ist gut«, antwortete ich, »Wels ist ganz wunderbar.«

Die Frau Chefin stand da, die Arme in die Hüften gestemmt. Sie wirkte äußerst zufrieden. »Geht nichts über perfekte Organisation«, sagte sie. Sie lud mich auf das Omelett und das Cola ein, sagte etwas wie daß wir doch alle in Wahrheit Bajuwaren seien und zwischen Wels und Wien und Rosenheim keine Welt liege. »Was hat dir an Deutschland gegen Kroatien so gut gefallen?« fragte sie mich, als ich mit meinem Chauffeur aufstand, um zu gehen. »Daß die Deutschen 3:0 verloren haben«, sagte ich. Jetzt sah sie aus wie Oliver Bierhoff, wenn ihm wieder einmal gar nichts gelungen ist. Man konnte also auch sagen, sie sah aus wie Oliver Bierhoff. ›Total ausgebrannt‹, hatte sie gesagt, ›der junge Mann hat sich total ausgebrannt.‹ In Wahrheit hatte der junge Mann zweiundzwanzigtausend Schilling in der Tasche. Sie tat mir direkt ein wenig leid.

Wir steuerten einen riesigen Milchtankwagen an, blankes Stahlblech mit bunten Blumen drauf, soweit man bei der sparsamen Parkplatzbeleuchtung sehen konnte. »Meiner«, sagte der Walroßmann mit einer Zehn-Bier-plus-sechzig-Marlboro-Stimme. Das Cockpit hatte mehr mit einem Raumschiff zu tun als mit der herkömmlichen Vorstellung von einem Lastauto. Jede Menge Instrumente und Kontrolleuchten, vermutlich inklusive Landeklappen und Schubumkehr. Sogar eine komplette Stereoanlage und ein Fernseher waren da. »Ich habe Deutschland-Kroatien auf der Fahrt von Linz nach Udine gesehen«, sagte der Walroßmann und grinste. Auf der Ausfahrt aus dem Parkplatz kamen wir an dem graugrünen KTM-Pony vorbei. »Halt«, sagte ich, »nur eine Sekunde.« Ich hüpfte raus und steckte den Schlüssel an. Edel sei der Mensch, und einsam ist ein Startschlüssel ohne Moped. »Das Ausgeborgte«, sagte der Mann, »hundert Punkte, volle hundert Punkte.«

Wir folgten einige Kilometer einer kurvenreichen Landstraße, erreichten dann die A8 München–Salzburg. Knapp vor dem Grenzübergang Salzburg-Walserberg gerieten wir erst in eine LKW-Kolonne, danach in einen heftigen Gewitterregen. Der Walroßmann nahm es gelassen. Er rauchte Maverick, nicht Marlboro, und trank bayrisches Bier aus blau-silbernen Dosen. Er sprach insgesamt nicht viel. Unter anderem bedauerte er das Ausscheiden der Spanier in der Vorrunde, machte einige Bemerkungen über die unnötigen Nigerianer-Neger und sagte, daß er Morientes von Real Madrid für den besten Fußballer der Welt überhaupt halte. Außerdem erzählte er von einer Fahrt nach Nizza im vergangenen August, speziell von jenem

Moment, als er am Beginn des Abpumpens begriff, daß offensichtlich die ganze Zeit über die Tankkühlung ausgefallen gewesen war. »Ich und ein paar tausend Liter sauer gewordene Milch an der Cote d'Azur, mitten im August, kannst du dir das vorstellen?« sagte er. Mich überfiel schlagartig eine Erinnerung an immer die gleiche Milchpackung an immer derselben Stelle im Kühlschrank mit immer dem gleichen überschrittenen Ablaufdatum. Ja, ich konnte es mir vorstellen, in Mund und Nase konnte ich es mir vorstellen, direkt auf der Zunge hatte ich die Vorstellung. Das war der Punkt, an dem ich nach dem ersten Bier griff. »Oho«, sagte der Walroßmann, »was wird da der Papa sagen, wenn sich das Söhnchen Mopeds ausborgt und Bier trinkt?« – »Der Papa wird nicht viel sagen«, gab ich zur Antwort.

»Ist er inzwischen abgehärtet?«

»Nein, er ist inzwischen tot.« Das wirkt auf die Menschen erschütternd, ziemlich zuverlässig sogar, und sie fragen dann meistens: Wie lange schon? Oder: Woran ist er gestorben? »Mit dem Moped verunglückt?« fragte der Walroßmann, »mit dem ausgeborgten Moped in die Schlucht gestürzt?« – »Nein«, gab ich zur Antwort, »nicht direkt. Aber die Richtung stimmt.« Ich öffnete die Dose. Der Mann stieß mit mir an. »Prost!« sagte er.

Ich erzählte von meinem Vater, der bei der Berufsfeuerwehr Kommandant der Abteilung Bergung brisanter Güter gewesen war. So hieß das wirklich: Bergung brisanter Güter. Ich erzählte, wie mein Vater illegal deponierte Lösungsmittelbehälter geborgen, provisorische Auffangbecken gebaut oder umgekippte Benzintransporter aufgerichtet hatte und wie ihn schließlich ein lächerlich kleiner Tankwagen mit Altöl, der eine Böschung hinabgerutscht war, erdrückt hatte, weil die Bremse der Bergeseiltrommel defekt gewesen war. »Ich war damals fünfeinhalb«, sagte ich. »Und dann?« fragte der Walroßmann.

»Dann hat es keinen Christbaum gegeben und keine Geschenke. Der Unfall war nämlich vier Tage vor Weihnachten.«

»Gemein. Und dann?«

»Dann ist mein Stiefvater gekommen, knapp zwei Monate später.«

»Und wie ist dein Stiefvater?«

»Er hatte eine Allergie auf Erdbeeren und Walnüsse.«

»Und sonst?«

»Sonst habe ich ihm einiges zu verdanken.«

»Das klingt, als ob er auch schon wieder weg wäre.«

»Ist er auch, gewissermaßen weg.«

Der Revolver lag mit dem Lauf exakt in meiner Arschfalte. Irgend etwas drückte hart gegen mein Steißbein, sobald ich auf dem Sitz ein wenig nach hinten rückte. Die Visiereinrichtung, dachte ich, oder der Patronenauswurfbolzen. Der Walroßmann sah aus, als habe er Kinder, unter ihnen zumindest einen mißratenen Sohn. Er sah aus, als brülle er ihn häufig an, als verpasse er ihm dann und wann eine mit seinen Fernfahrerhänden und als trinke er nicht mehr sieben oder acht, sondern zehn oder zwölf Bier pro Tag, seit klar wurde, daß der Sohn mißriet. Ich erzählte, daß mein Stiefvater am Schluß täglich ins Fitneßstudio gegangen war und ausgesehen hatte wie der kleine Bruder von Sylvester Stallone, daß er sich die Haare mit Tonnen von Gel niedergepappt und prinzipiell nur Klamotten von Hugo Boss getragen hatte. Ich erzählte außerdem, daß er als Prokurist in einer Firma für Autozubehör gearbeitet hatte, daß er Millionen von Wischerblättern und Zehntausende von Kindersitzen importiert und weiterverkauft hatte. Ich erzählte schließlich, wie auf sein Betreiben zunehmende Stückzahlen verschiedenster Artikel ohne Registrierung aus Indonesien und Taiwan eingeführt worden waren und ihn deswegen am Ende ein ganz junger Kollege, der einzige, der sich nicht vor ihm fürchtete, hatte auffliegen lassen. »Erst sechzig zu vierzig, sechzig Prozent des Gewinns für die Firma, vierzig für ihn; dann hat er Schwierigkeiten mit den Behörden gekriegt«, sagte ich. Der Walroßmann leckte den Bierschaum von seinem Bart. Er lachte. »Wenn ich dir jetzt zeige, wie man einen Fahrtenschreiber manipuliert, verpfeifst du mich womöglich, und ich krieg auch Schwierigkeiten mit den Behörden.« Ich fragte ihn, ob es üblich sei, Fahrtenschreiber zu manipulieren. »Ruhezeiten machen die Milch sauer«, sagte er. Das war einleuchtend.

In einem dicken Milchtankwagen auf der Autobahn durch die Nacht zu fahren, – ich hätte davor nie gedacht, daß das so beruhigend sein konnte. Ich versuchte mir einzureden, wir seien fünfzig oder hundert Kilometer vor Paris, und die Lichtglocke über der Stadt sei bereits zu sehen. Ich versuchte mir den Eiffelturm vorzustellen und den Triumphbogen und das Prinzenparkstadion. Ich versuchte mir vorzustellen, wie es wäre, an mein Heck zu greifen, die Anaconda herauszuziehen und meinem Fahrer übers rechte Ohr zu halten. Der Kick kam nicht.

Vielleicht war es auch das Bier, das mich dermaßen in Watte packte.

Die Verzögerung am Walserberg hatte gut eineinhalb Stunden gedauert, und der Walroßmann hatte gemeint, sie probierten wohl wieder einen neuen Typ von CO_2-Sonde aus, um die LKW-Fahrer zu schikanieren. »Mir haben sie so was noch nie in den Tank gesteckt«, sagte er, »noch nie!« Wir blickten einander an und begannen zu lachen. »Eine bosnische Flüchtlingsfamilie im Milchtank«, prustete ich.

»Oder eine rumänische Folkloretruppe!«

»Kennen Sie die Geschichte von den zwei Fröschen, die in den Milchtopf gefallen sind?« fragte ich. Der Walroßmann schüttelte den Kopf. »Mein Sohn hat eine Zeitlang allerhand Tiere durchgefüttert, unter anderem auch Frösche. Aus dieser Zeit weiß ich über Frösche ein wenig Bescheid«, sagte er, »aber die Geschichte von den zwei Fröschen? Nein, kenne ich nicht.« – »Das heißt, Sie waren noch nie beim Kinderpsychiater«, sagte ich, »alle Kinderpsychiater erzählen nämlich die Geschichte von den zwei Fröschen.«

»Schaue ich aus, als brauchte ich einen Kinderpsychiater?« Das war entwaffnend. »Der eine Frosch resigniert und ersäuft«, sagte ich, »der andere strampelt die Milch zu Butter.« Wir lachten erneut.

»Für meinen Tank eine bosnische Großfamilie, die Butter tritt.«

»Oder ein ganzes Dorf.«

»Eine rumänische Folkloretruppe plus ein Kosakenchor.«

»Die Kosaken sind zu melancholisch«, sagte ich, »die ertrinken.«

Ich hatte plötzlich das Bild eines Ivan-Rebroff-artigen Kosaken vor mir, der tot aus dem Milchtank gezogen wird. Wie er so daliegt, hat er ein rot verschwollenes Gesicht und zwischen den Augen ein kleines schwarzes Loch.

»Da hast du noch ein Bier«, sagte der Walroßmann, »du lachst auf einmal nicht mehr.«

Im Salzkammergut begann es zu dämmern. Der Mann sprach einige Sätze über seine Münsterländerhündin und über seine Tochter, die vor wenigen Wochen als Spanisch- und Portugiesisch-Dolmetscherin bei der UNO in Wien angefangen hatte. Kein Wort über den mißratenen Sohn. Ich döste dahin und hatte zwischendurch die Vision einer Horde von Kriminalbeamten, die von meinen vier Freunden aus dem Zug eine genaue Beschreibung meiner Person haben wollten. ›Schlank, dunkelhaarig, nicht größer als einssiebzig, weinrotes T-Shirt mit einem Fischgerippe vorne drauf‹, – das würden sie mit vereinten Kräften schaffen, mehr aber auch nicht. Ich habe weder ein Feuermal wie Philipp noch eine Hornhauttrübung wie Christoph, nicht einmal eine Brille, als besonderes Kennzeichen bestenfalls die lange Narbe, die quer über die Rückseite meiner beider Oberschenkel läuft, aber die sehen nur ausgewählte Leute.

Knapp nach dem Voralpenkreuz Sattledt lehnten ein heller Ford Transit und ein roter Renault Megane an der Böschung. Beide Autos sahen maximal übel aus. Ein Kranwagen der Feuerwehr war an der Arbeit. »Die Leichen hat man schon weggeschafft«, sagte der Walroßmann. »Hat

Ihr Sohn früher eigentlich auch Reptilien gehabt?« fragte ich ihn, »Schlangen zum Beispiel.« – »Um Gottes willen, nein«, antwortete er, »die hätten ihm erstens die Frösche gefressen, und zweitens fürchten sich in der Familie alle außer mir vor Schlangen, er selbst auch.«

»Auch vor ungiftigen? Vor Ringelnattern oder Riesenschlangen?«

»Ja, auch vor denen. Sogar vor Blindschleichen und diesen Gummischlangen, die es auf Jahrmärkten gibt.«

Wir fuhren hinter einem Bauholztransporter samt Anhänger von der Autobahn ab. Ich dachte an Zimmerleute, Sägewerker, Fernfahrer, Schaffner und Schankkellnerinnen. Ich erinnerte mich daran, wie Ronald vor einigen Monaten zu mir gemeint hatte, es sei gefährlich, Psychopathen über das unbedingt notwendige Maß hinaus in die Schule gehen zu lassen. Ich hatte ihm daraufhin gesagt, er brauche sich meinetwegen keine Sorgen zu machen, ich sei ohnehin schon längere Zeit nebenher freiberuflich tätig und habe vor, das demnächst noch auszuweiten und die Schule seinzulassen.

Er hatte in jener Mischung aus blöd und arrogant dreingeschaut, die nur Ronald zustande bringt.

»Ist dir der Hauptbahnhof recht?« fragte der Mann. Ich sah auf die Uhr. Es war zwanzig nach fünf. In Kürze würden die ersten Züge fahren. Ich nickte: »Ja, der Hauptbahnhof ist wunderbar.«

Wir blieben mitten auf dem Bahnhofsvorplatz stehen. Der Walroßmann griff in das Türfach und zog eine speckige schwarze Brieftasche heraus. Er zählte mir drei Hundertschillingscheine auf die Hand. »Wird das reichen?«

fragte er. »Ich denke schon«, sagte ich und versuchte trotz des Packens Tausender in meiner Schenkeltasche eine dankbare Miene zu machen. Ich war schon draußen aus der Fahrerkabine, als er mich noch einmal zurückrief. »Meiner Ansicht nach gibt es in der deutschen Nationalmannschaft einen einzigen brauchbaren Spieler«, sagte er.

»Meiner Ansicht nach auch«, sagte ich.

»Und welcher ist es?«

»Sagen Sie zuerst.«

Er grinste. »Nein, du bist dran, keine Diskussion.«

Ich überlegte nicht lange. »Jens Jeremies«, sagte ich, »es ist ganz eindeutig Jens Jeremies.« Langsam glitt ein Strahlen ins Gesicht des Walroßmannes. »Hundert Punkte, mein Freund«, sagte er, »satte hundert Punkte.« – »Was hätten Sie jetzt gemacht, wenn ich ›Stefan Effenberg‹ gesagt hätte?« fragte ich.

»Kann sein, daß ich dir das Fahrtgeld wieder weggenommen hätte. Und was hättest du gemacht, wenn ich gesagt hätte ›Nein, ich meine nicht Jens Jeremies, sondern Jürgen Klinsmann‹?«

»Dann wäre ich ein wenig böse gewesen.«

»Ein wenig nur?«

»Ja, ein wenig nur. Wenn Sie allerdings ›Andreas Köpke‹ gesagt hätten oder ›Oliver Kahn‹, dann wäre möglicherweise etwas passiert.«

»Du hast etwas gegen Torleute?«

»Ja, die untalentiertesten Fußballer werden in Deutschland automatisch Torhüter im Nationalteam.«

»Und was wäre wirklich passiert, wenn ich ›Kahn‹ oder ›Köpke‹ gesagt hätte?«

»Kann sein, daß ich kurz überlegt hätte, Sie zu erschießen.«

Für eine Zehntelsekunde wurde der Walroßmann ernst, dann lachte er wieder. »Du lügst ununterbrochen, hab ich recht?« fragte er. »Ja«, sagte ich, »ja, Sie haben recht.« Ich streckte ihm zum Abschied die Hand hin. Sein mißratener Sohn hing untertags in der Wohnung rum und knackte nachts Autos, ich war absolut sicher.

Ich wollte kein Platzproblem riskieren und kaufte eine Fahrkarte erster Klasse. Der Schalterbeamte machte einen ziemlich verblüfften Eindruck, obwohl ich es ausnahmsweise nicht drauf angelegt hatte. »Mein Vater hat mir befohlen, erster Klasse zu fahren«, sagte ich, »er meint, das ist sicherer.« Das leuchtete dem Mann ein.

Der Zug kam zwanzig Minuten später. Ich fand schon im zweiten Waggon, durch den ich ging, ein komplett freies Abteil. Ich stellte die Rückenlehne schräg und schlief auf der Stelle ein.

»Hast du etwas geträumt?« fragte die Lombardi. Ich dachte kurz nach. »Ja«, sagte ich schließlich, »ich glaube, ich habe geträumt, daß ich mit Lizarazu aus dem Stadion von St. Denis ins Pariser Zentrum gelaufen bin. Wir hatten riesige Cowboyhüte auf dem Kopf und Patronengurte mit Trommelrevolvern um die Hüften. Wir waren unterwegs, um irgendeinen Verbrecher zu stellen. Es war Nacht, und wir haben ständig auf diese dunkelgrünen Straßenlaternen geschossen, so als ob es besonders wichtig gewesen wäre, daß es absolut finster ist.«

»Und? Habt ihr ihn erwischt?«

»Ja, wir haben ihn erwischt. Aber das war komisch, denn der Typ war nur von hinten zu sehen, und das ganze hat plötzlich doch hier in Wien stattgefunden.«

»Aha. Und wer ist dieser Lizarazu?«

»Ein Fußballer, der den Eindruck macht, als habe er gelegentlich einen Revolver dabei.«

»Gutaussehend?«

»Geschmackssache.«

Die Lombardi stand auf und brachte das Dessert. Schokomaroni. Das war neu und verzichtbar. Wenn es wenigstens Pariser Spitze gewesen wären. »Sie zergehen auf der Zunge«, sagte die Lombardi und leckte sich über die Oberlippe. Ich biß hinein. Das Zeug schmeckte, wie Schokomaroni immer schmecken: die Bitterschokoladeglasur okay, der Rest geschmacklich undefinierbar, auf alle Fälle um Eckhäuser zu wenig süß. »Und?« fragte die Lombardi. »Gut«, sagte ich, »aber ich habe ein Loch im rechten unteren Weisheitszahn, und da muß ich mit süßen Sachen höllisch aufpassen.« Sie verdrückte eine Schokomaroni nach der anderen, insgesamt vier Stück. Als keine mehr da war, fragte sie: »Wo ist sie eigentlich jetzt, diese Pistole, die du im Zug an dich genommen hast?« – »Revolver«, sagte ich, »Revolver, nicht Pistole.«

»Also gut, Revolver. Wo ist er jetzt?«

»In der WG. Unter meinem Kopfpolster«, sagte ich. Ich hatte für einen Moment die Idee gehabt, es könnte ihr beim Anblick des Dings wiederum eine ihrer Aufpreisgeschichten einfallen, mit Abdrücken und So-tun, als seien alle Patronenfächer gefüllt, mit Fotografieren oder so, und ich beschloß, daß zweitausenddreihundert Schilling diesmal genug waren. Außerdem hatte ich keine Lust, noch einmal einen dieser Anfälle arktischer Kälte über mich ergehen zu lassen.

Bevor ich der Lombardi ins Himmelbett folgte, ging ich ins Vorzimmer, nahm die Tube Travogen-Salbe aus meiner Tasche und schmierte mich an allen heiklen Stellen gründlich ein. Seitdem ich genau ein Jahr davor einen akuten Pilzbefall am ganzen Körper erlitten hatte und an dem unmenschlichen Juckreiz in sämtlichen Falten beinahe gestorben wäre, hatte ich die Salbe immer dabei. Ich konnte mich an die besorgten Blicke dieses dicken weißhaarigen Hautarztes erinnern, der permanent den Kopf geschüttelt und gesagt hatte: »Ja, wo hast du dir denn das geholt, mein Kind?« Ich hatte schließlich gemeint: »Vielleicht von meiner Mutter, die ist nämlich Tierarztassistentin und kommt mit allerhand Räude und Flöhen und Milben in Berührung.« Damit war er zufrieden gewesen, riet mir aber dennoch zu einem HIV-Test. Ich versprach ihm hoch und heilig, gleich am nächsten Tag ins Labor zu gehen, doch ich habe in meinem Leben schon viel versprochen.

Ich steckte die Salbentube in die Tasche zurück und kramte nach der Packung Somnubene. Ich preßte eine der Tabletten heraus, ging ins Speisezimmer zurück und spülte sie mit dem Cola-Rum-Rest in meinem Glas hinunter. Sie würde wirken wie immer, Start des Countdowns in zirka zwanzig Minuten.

Das Bett war eines dieser Modelle, die im Film vor allem dazu benützt werden, um an allen möglichen Stellen Handschellen oder Stricke oder zusammengedrehte Seidenschals zu befestigen: Massives Messinggestell mit dicken, polierten Bronzeknöpfen und hundert erdbebensicheren Verstrebungen.

Die Lombardi trug ihre Perlenkette aus Laos, ein schimmernder Riesenbrummer neben dem anderen. Sie behauptet, sie fühlt sich erst mit der Kette komplett. »Sie hält mich zusammen und öffnet mir zugleich das Herz«, sagt sie oder einen ähnlichen sentimentalen Schmarren. Sie hatte das silbergraue Bettzeug mit den rosa Pfauenfedern genommen und sich die Achselhaare frisch rasiert. Ich war sicher, daß ihre Titten, wenn sie sich vornüberbeugte, in Wahrheit die Form von Schokomaroni hatten. Während ich mich auszog, dachte ich darüber nach, welches Haustier zu ihr passen könnte. Eine Siamkatze kam in Frage oder irgendein genetisch eigensinniger nordschottischer Terrier, vielleicht auch ein seltenes Reptil, das ausgiebig gestreichelt werden wollte, eine Brückenechse oder ein kleiner Leguan von der zwölften Galapagosinsel. Schließlich hatte ich es: Ein Ara würde zu ihr passen, ein Ara, groß, bunt und sprachlich mittelmäßig begabt. Ich behielt das ganze jedoch für mich. In persönlichen Dingen war die Lombardi manchmal überraschend empfindlich.

Ich schlüpfte in die Boxershorts mit den Dalmatinern, die sie mir bereitgelegt hatte. »Ich habe einen Wunsch«, sagte ich, bevor ich mich hinlegte, »ich hätte gern eines dieser Stilette aus katalonischem Kampfstierhorn, wie Sie sie ab und zu nach Sizilien verschicken. Sie können es nach und nach vom Preis abziehen.« Sie lachte, warf sich die Bettdecke über die Schultern und eilte aus dem Zimmer. Die Schatulle aus glanzlackiertem rotem Holz, die sie brachte, war auf dem Deckel und an den Seiten mit einem orientalischen Ornament verziert, innen mit schwarzem Samt ausgekleidet. Das Stilett selber war insgesamt vielleicht zwanzig Zentimeter lang, erstaunlich schlicht, graugrün, der Griff quer geriffelt und die verhältnismäßig kurze Schneide sanft geschwungen. »Wieviel kostet es?« fragte ich. »Die Dinger haben noch nie einen Preis gehabt«, sagte die Lombardi, »sie werden nicht verkauft, sondern bei gegebenem Anlaß überreicht.«

»Bei gegebenem Anlaß?«

»Ja, heute zum Beispiel.«

»Was muß ich dafür tun?«

»Das Übliche, nur das Übliche.«

Es war ziemlich heiß im Zimmer, daher legte ich mich oben auf die Bettdecke. Hinten am Gaumen schmeckte ich einen Rest von grünem Pfeffer. Ich wußte, die Lombardi würde sich auch an diesem Tag anfühlen wie eine Ritterrüstung mit Haut drüber. Irgendwo in meinem Zentralnervensystem begann sich etwas ganz leicht zu drehen.

4

Am Morgen war die Lombardi weg. Sie hatte einen Zettel hinterlassen, auf dem stand, sie habe ins Geschäft müssen, weil ihre Mitarbeiterin akut von einem Polyarthritisschub überfallen worden sei. Das Frühstück habe sie auf der Terrasse vorbereitet, das Geld fände ich auch dort, die Wohnungstür solle ich einfach ins Schloß fallen lassen, den nächsten Termin könne sie sich zum Beispiel in der zweiten Augustwoche vorstellen, Mittwoch sei ihr wie immer ein angenehmer Tag. Im übrigen beneide sie mich um meinen gesunden Schlaf. Ich solle ihn mir möglichst lange erhalten.

Ich stand auf, wusch mich und zog mich an. Auf die Terrasse knallte bereits die Sonne. Selbst unter dem Stoffschirm, in dessen Schatten die Lombardi das Frühstück arrangiert hatte, war es so warm, daß die Butter drauf und dran war, sich komplett zu verflüssigen. Das Geld lag unter dem Zuckerstreuer, zweitausenddreihundert genau.

Auf die Lombardi war Verlaß. Vielleicht hatte das ihr Mann auf Dauer nicht ausgehalten. Ich trank Orangensaft. In den Filmen, in denen die Leute auf Terrassen frühstücken, trinken sie immer Orangensaft. Statt Toast gab es vorgeschnittenes Vollkornbrot, von der Sonne leicht angetrocknet. Die Mortadella war etwas gelblich verfärbt. Es war halb zehn. Die Lombardi war mit Sicherheit schon vor zwei Stunden gegangen.

Ich konnte mich an eine Zeit erinnern, da gab es für mich zum Frühstück, wenn ich Glück hatte, eine Kehle voll Milch direkt aus der Packung, und wenn ich Pech hatte, war die Milch sauer. Einmal, es war die Zeit knapp nach der Geburt meiner Halbschwester und ich sollte noch weniger als sonst den Eindruck bekommen, daß das Leben irgendwas mit Leichtigkeit zu tun hatte, schüttete ich ihm, dem Reservegott selbst, sauer gewordene Milch in die Schuhe, einen Schluck in den linken, einen Schluck in den rechten, gerade soviel, daß alles restlos aufgesaugt wurde. Er tobte danach diffus herum, brüllte etwas wie: »Wenn wir Katzen hätten, wüßte ich wenigstens, wem ich den Hals umdrehen muß!« und kaufte sich Fußspray. Ich lebte wieder eine Zeitlang von diesem Triumph, und der Preis, den ich dafür zu zahlen hatte, war in Wahrheit längst nicht mehr spürbar.

In der WG gab es das beste Frühstück, wenn Wolfgang Nachtdienst hatte. Er ging um halb sieben zum Bäcker, um frische Semmeln und Croissants zu holen, besorgte außerdem Schinken und Salami und machte Rührei für alle. Sally sagte manchmal, er sei ein verfressener Schöngeist, aber bei uns hat außer Sally niemand etwas gegen einen verfressenen Schöngeist, wenn er auch die anderen ein wenig versorgt.

Ich aß ein Brot mit Brombeermarmelade und trank ein zweites Glas Orangensaft. Dann räumte ich die Sachen in die Küche. Manche Leute behaupten zwar, ich sei maximal verwahrlost, vor allem emotional und sozial, doch ab und zu wird mir trotzdem ganz unwohl bei dem Gedanken, man könne mir nachsagen, ich habe die Mortadella verderben lassen. Ich holte das Kirschholzkästchen mit dem Stilett aus dem Schlafzimmer und verstaute es in der Kipling-Tasche. Bei der Gelegenheit checkte ich den Revolver. Alles beim alten, alles wunderbar. Wenn die Lombardi es in der Früh tatsächlich eilig gehabt hatte, so hatte sie vermutlich trotz meines seligen Schlafes nicht daran gedacht, in meiner Tasche nachzukramen.

Ich ging die Herrengasse vor in Richtung Freyung und stieg an der Abzweigung zur Wallnerstraße in die U3 ein. Ich hatte sogar die Monatskarte dabei. Um die Monatskarte kümmern sich die WG-Betreuer, wenn man selber zu inkompetent ist. Auf diese Weise wird man um die Möglichkeit des permanenten Schwarzfahrens gebracht. Das heißt, gelegentlich gebe ich bei Kontrollen trotzdem vor, den Ausweis vergessen zu haben. Ich biete dann zumeist ziemlich rasch den außeramtlichen Tatausgleich an. Albert, der kleine schwarzhaarige Kontrollor mit der Operationsnarbe unter dem rechten Auge, ist dafür besonders empfänglich. Er schreibt auf den Zahlschein, den er mir gibt, Uhrzeit und Treffpunkt drauf, und Fritz, sein Partner, schaut weg. Bei Albert geht es mir nicht so sehr ums Geld. Ich weiß, daß er nicht viel zahlen kann. Vielmehr will ich ihn winseln hören und auf den Knien sehen und mit gefalteten Händen, mit Tränen in den Augen und roten Flecken im Gesicht. Ich weiß, das ist reichlich krank, doch ich kann nichts ändern, die Köpfe mancher Typen möchte ich unten bei meinen Füßen haben oder zumindest unterhalb meiner Gürtellinie. Das kommt wohl von der Verwahrlosung.

In der Station Zieglergasse verließ ich die U-Bahn, ging ein kurzes Stück die Mariahilferstraße stadtauswärts und bog links in die Webgasse ein. Es war fünf vor halb elf. Ich würde punktgenau zu meinem Termin kommen. Aus dem Schaufenster eines Ladens mit amerikanischem Trash sprang mich von einem aufgespannten T-Shirt Sylvester Stallone als Rocky an. Darauf war ich nun wirklich nicht vorbereitet, und aus dem Schüttelfrost, der mich erfaßte, versuchte ich mich zu befreien, indem ich mich fragte, ob an dem Revolver irgend etwas kaputtgehen oder sich ein Schuß lösen könne, wenn ich den Kolben gegen die Auslagenscheibe schlug. Ich erinnerte mich an das Unternehmen Harley Davidson vor gut einem Jahr. Damals hatten Two Face und ich um drei Uhr nachts einem Motorradhändler sämtliche Schaufenster in kleinkörniges Bruchglas verwandelt, einerseits weil es hieß, er lasse sich gegen Spottpreise ganz junge Mädchen kommen, die an der Nadel hingen, andererseits und hauptsächlich aber, weil er sich geweigert hatte, Two Face einen bestimmten mattschwarzen Chevignon-Helm mit lederüberzogenem Sonnenschild zu verkaufen. Es sei sein letztes Exemplar, hatte er gesagt, er gebe es nicht her. Hintennach war dieses letzte Exemplar weg und letzte Exemplare von Handschuhen und Brillen und Stiefeln auch. Zwei Tage später stand in der Zeitung zu lesen, es sei ein Skandal, daß die Polizei fünfundzwanzig Minuten gebraucht habe, um am Tatort zu erscheinen. Wir fanden das auch einen Skandal. Das Zittern war verschwunden, als ich einen Block weiter vor dem Haustor mit den beiden Löwenköpfen an den Seiten stand. Ich drückte auf die Klingel der Gegensprechanlage.

Kossitzky war nicht zu Hause. Ich sah zur Sicherheit noch einmal in meinem Kalender nach, doch ich hatte mich nicht geirrt. Bei ihm war das noch nie vorgekommen. Bei anderen passierte es permanent, daß sie mich versetzten, Adrian Melzer war ein Paradebeispiel dafür, der Schauspieler, der in Wahrheit Franz Reinisch heißt, im Theater ständig nur zweite Zwerge spielt und so tut, als könne er seine Termine nicht einhalten, weil er dermaßen mit Proben und der Abwehr zu minderer Engagements beschäftigt ist. Mit diesen Leuten muß ich dann ums Geld streiten und Ersatztreffen vereinbaren und sie ein wenig erpressen, wenn sie mir ganz blöd kommen. »Setz ihnen das Messer an«, pflegt die Vogges mit blitzenden Augen zu sagen, »wer sich erpreßbar macht, verdient es nicht anders, als erpreßt zu werden.« Paff, stößt sie eine Wolke Marlboro-Medium-Rauch aus.

Wenn ich eine Sache mit Sicherheit wußte, dann, daß auf niemanden Verlaß war. Trotzdem war ich ein wenig enttäuscht. Ich ging durch die Webgasse ins Wiental hinunter und fuhr mit der U4 in die WG zurück.

Helene steckte in einem olivgrünen Seidentop und einer eierschalenfarbenen Leinenhose. Sie sah einerseits umwerfend aus, andererseits völlig fertig, und zwar nicht nur in der Variante hitzekaputt. Sie schnitt roten und grünen Paprika. Offenbar sollte es für diejenigen, die da waren, zu Mittag Salat geben. Christoph lag rücklings auf der Couch und spielte Game-Boy. Er trug ein breites Pflaster auf der linken Wange, das bereits nennenswert dreckig war. Isabella, die Neue, saß in einem der Korbfauteuils, die Füße auf dem Couchtisch, und blätterte in einem Buch. Ich strich ein wenig um Helene herum, schaute ihr über die Schulter und stahl einige Stücke Paprika. Sie schwieg dazu, obwohl ich sicher war, daß es sie nervte. »Du siehst zu neunzig Prozent fertig aus«, sagte ich schließlich, »nicht hitzekaputt, sondern so richtig fertig.« – »Nur zu neunzig Prozent?« fragte sie spitz.

»Ist etwas passiert?«

»Frag nicht so blöd!«

»Ich habe wirklich keine Ahnung. Ist etwas passiert?«

»Die Herrschaften hier haben alle nicht viel Ahnung. Sie die allerwenigste, Herr Dominik Bach!« So sprach Helene nur, wenn die Angelegenheit tatsächlich maximal dicht war, zwei Betreuer auf Urlaub, einer akut im Krankenstand, ein Klient abgängig, einer bummzu und keiner da, der den Dienst macht. Ich öffnete den Kühlschrank und goß mir ein Glas Eistee ein. »Kann mir bitte einer sagen, was los ist?!« sagte ich. Christoph wies wortlos mit dem Daumen in Richtung Helene. Die Neue starrte ungerührt in ihr Buch. Sie summte ganz leise. Zuvor hatte sie nicht gesummt. Ich nahm mein Glas und ging zu den beiden hinüber. Christoph befand sich in der Waldwelt von Donkey Kong Land III. Er behauptete, es sei die schwierigste Welt in dem Spiel. »Permanent muß man über riesige Baumstämme klettern«, sagte er, »und dann greifen einen auch noch Schwärme von Killerbienen an.« Er selbst sah überzeugend nach Killerbienenangriff aus. Der Game-Boy war neu. Es war ein violetter Game-Boy-Color. Kostete üblicherweise eintausendneunzig. Ich fragte nicht, woher er ihn hatte. Vor Betreuern war es ihm immer peinlich zuzugeben, daß er etwas gestohlen hatte.

Das Buch, in dem die Neue blätterte, war ein großformatiger Hochglanzbildband. Ich stellte mich hinter sie und schaute ihr über die Schulter. »Worum geht's in dem Buch?« fragte ich. »Schildkröten«, sagte sie. Es war das erste Wort, das ich von ihr hörte. Sie hatte eine eher hohe, ziemlich kratzige Stimme, fast wie ein Knabe im Stimmbruch. »Darf ich mitschauen?« fragte ich. Sie beugte sich ein wenig zur Seite. Aufgeschlagen war eine beinahe ganzseitige Fotografie, auf der eine von Felsen eingerahmte Bucht zu sehen war. In ihrer Mitte steckte das Wrack eines riesigen Segelschiffes im weißen Sand. »Wo ist das?« fragte ich. »Zakynthos«, sagte sie.

»Zakynthos? Nie gehört.«

»Eine griechische Insel.«

»Eine griechische Insel. Und was gibt's dort außer Schiffswracks?«

»Caretta caretta.«

»Caretta was?«

Sie blätterte um. Auf der folgenden Doppelseite flog ein leuchtendes Wesen durchs blaugrüne Bild, von links unten nach rechts oben, die Flügel weit ausgebreitet, den Kopf sonnenbeschienen, halb Vogel, halb Schildkröte. Das Maul hatte es vorne sanft nach unten gezogen wie einen Schnabel. Mit dem rechten Auge blickte es mich erstaunt an. »Caretta caretta«, sagte die Neue, »die unechte Karettschildkröte.« Es war das schönste Tier, das ich jemals gesehen hatte.

Als wir etwas später beim Salat saßen, hatte sich Helene offenbar erholt und erzählte, was in der Zwischenzeit geschehen war. Erst hatten sie die Rettung verständigt. Homer war in Summe zwölf Minuten bewußtlos dagelegen und hatte eine nennenswerte Blutlache produziert. Sally hatte ihn ins Meidlinger Unfallkrankenhaus begleitet. Dort hatte man ihn zusammengeflickt und zur Beobachtung über Nacht dortbehalten. Inzwischen hatte Chuck Victoria beruhigt und ihr zum hundertsten Mal beigebracht, daß er nicht ihr Vater und Sally nicht ihre Mutter war. Sally war aus dem Krankenhaus in die WG zurückgefahren, Wolfgang war in den Nachtdienst gekommen, und nach der Dienstübergabe hatte alles nach Entspannung ausgesehen. Um zehn am Abend war dann Jasmin aufgetaucht, vollkommen jenseits, hatte herumgebrüllt, sie sei bis zum Kragen voll mit irgendeinem Wahnsinnsstoff, und wenn dieser Neue verletzt im Spital liege, so werde sie auf der Stelle hinfahren und ihn heilen. Wolfgang hatte ihr widersprochen und gemeint, Benjamin sei in professionellen Händen und ohnehin schon so gut wie geheilt, und außerdem habe er keine Lust auf eine Fortsetzung des ganzen Theaters. Daraufhin hatte Jasmin einen Frühstücksteller genommen, ihn wie eine Frisbee-

Scheibe gegen die Wand segeln lassen und augenblicklich begonnen, sich mit den Porzellanscherben die Unterarme aufzuschneiden. Wolfgang hatte es für einen Moment nicht gepackt und war wie gelähmt dagestanden. »Da habe ich mich in die Schlacht geworfen«, sagte Christoph. »Ja, wie ein Volltrottel«, sagte Helene. Christoph grinste. »Na und? Jetzt weiß ich wenigstens, wie Jasmin sich anfühlt«, sagte er, »ich meine am ganzen Körper, Titten und Arsch und alles.« Jedenfalls hatte Christoph ordentlich zugelangt und prompt eine Scherbe über die Wange gezogen bekommen. Da in der Folge nicht einmal klar gewesen war, wer da wieviel Blut verlor, hatte Wolfgang begonnen herumzutelefonieren und als erste Helene erreicht. Helene hatte den Dienst in der WG übernommen, Wolfgang war nach einer notdürftigen Versorgung der beiden mit Christoph und Jasmin im Taxi ins Unfallspital gefahren und hatte erst die übliche endlose Wartezeit und danach ein »Nicht schon wieder!« des gesamten Ambulanzteams ertragen müssen. Christoph hatten sie vier Nähte verpaßt, Jasmin elf. Der Drogenschnelltest aus Jasmins Harn war für so ziemlich alle Substanzen positiv gewesen, daher hatte man sie ebenfalls dortbehalten. Sie hatten sie allerdings nicht in Homers Zimmer gelegt. Zwischen zwei und halb drei Uhr früh waren Christoph und Wolfgang schließlich wiederum in der WG eingelangt. Helene hatte sich hingelegt und war nicht nach Hause gefahren. »Und ich habe mich auch hingelegt und nicht einschlafen können, weil ich permanent an Jasmins linke Brust in meiner rechten Hand habe denken müssen«, sagte Christoph, »das Gefühl war so ..., so ...« – »Prall«, sagte ich. »Nein, nicht prall«, sagte Christoph, »nein, so lebendig, ja, lebendig.« »Lebendige Brüste kannst du dir übrigens demnächst für einige Zeit aufzeichnen«, sagte Helene. »Ja, weil Jasmin noch im Spital ist«, sagte Christoph, »aber nur für ganz kurz, hast du doch gesagt.«

»Nein, nicht weil Jasmin noch im Spital ist.«

»Sondern?«

»Weil wir uns etwas ganz Besonderes ausgedacht haben für euch.«

»Was habt ihr euch ausgedacht?«

In diesem Moment hörte man aus dem Dienstzimmer das Telefon läuten. Helene stand auf und ging hinaus. »Wo ist meine Baseballkeule?« zischte ich Christoph zu. »Beschlagnahmt«, antwortete er, »einfach betreuermäßig beschlagnahmt.« Das versetzte mich klarerweise in helle Begeisterung. Obwohl ich sicher war, daß sie sie mir rasch wieder zurückgeben würden. Mit Eigentum und so hatten sie alle einen ziemlichen Vogel.

Helene reichte mir einen kleinen Zettel, auf den sie eine Telefonnummer geschrieben hatte. »Dein Onkel hat angerufen, du sollst ihn unter dieser Nummer zurückrufen.« Ich war erstaunt. Ich habe keinen Onkel. »Mein Onkel?« fragte ich, »welcher von meinen Onkeln?« Ich kannte auch die Telefonnummer auf dem Zettel nicht. »Ich glaube, Josef hat er gesagt«, sagte Helene, »ja, Josef, ich bin ziemlich sicher.« Noch weniger als einen Onkel habe ich einen Onkel Josef. »Ach so«, sagte ich, »es wird wegen des Gartenhauses sein.«

»Was für ein Gartenhaus?«

»Sozusagen Familienbesitz. Ein Gartenhaus im Kamptal, unterhalb der Rosenburg. Es hat meinem Großvater gehört.«

»Aha. Und jetzt sollst du dort den Rasen mähen, oder was?«

»Nein, er hat es mir vererbt.«

»Vererbt? Dein Großvater?«

»Ja. Er ist vor drei Jahren an Prostatakrebs gestorben.«

»Und was hat dieser Onkel Josef damit zu tun?«

»Ich habe ihm das Gartenhaus zur Nutzung überlassen, und jetzt wird er wissen wollen, ob er's ganz haben kann.«

»Und? Kann er?«

»Ich werde ihm zuerst sagen, daß ich es selber haben möchte. Das wird ihm nicht gefallen, er wird unter Druck kommen, und ich werde ihm einen Preis nennen.«

»Einen Preis?«

»Ja. Einen Kaufpreis. Zum Beispiel siebenhundertfünfzigtausend.«

»Siebenhundertfünfzigtausend?« Helene lachte laut auf. »Und dann kaufst du die Wohngemeinschaft auf?«

»Um siebenhundertfünfzigtausend kriegst du einen gebrauchten Ferrari«, sagte Christoph, »vier Jahre alt, sechzigtausend Kilometer, ferrarirot.« Ich mache mir rein gar nichts aus roten Kotzautos. Aber das sagte ich Christoph nicht. Er war schließlich verwundet.

»Was hast du übrigens vorhin gemeint mit: Ihr habt euch etwas ganz Besonderes ausgedacht für Christoph?« fragte ich Helene nach dem Essen. Sie schüttelte den Kopf. »Nicht für Christoph allein«, sagte sie.

»Sondern?«

»Für Benjamin, Christoph und dich.«

»Für mich? Warum für mich?«

»Für Benjamin, um ihm die Eingewöhnung bei uns ein wenig zu erleichtern. Für Christoph, um ihm klarzumachen, daß ein Schlag mit einem Prügel kein Weg der Konfliktlösung sein kann. Und für dich, weil die Waffe aus deinem Besitz war, weil du permanent unabgemeldet weg bist, weil du im Grunde nur undurchsichtige Sachen machst und privatisierst und dich keinen Deut um die anderen kümmerst.«

»Mit anderen Worten: weil du unter uns Durchschnittspsychopathen bei weitem das größte Psychopathenarschloch bist«, sagte Christoph grinsend. Gleich darauf fluchte er heftig. Er war wieder einmal knapp vor Ende der Waldwelt in einen Schlund ohne Ausweg gestürzt. Im Kleinen gab es manchmal so was wie Gerechtigkeit. »Und wie soll die Überraschung für uns aussehen?« fragte ich, »zwei Wochen Einzelhaft oder was?« – »So in der Art«, sagte Helene, »ihr drei werdet mit Chuck und Ronald demnächst eine pädagogische Sondermaßnahme absolvieren, Outdoor, Selbstversorgung, zehn bis zwölf Tage.«

»Puszta oder Gebirge?«

»Wahrscheinlich Gebirge, am ehesten Obersteiermark.«

»Bett oder Schlafsack?«

»Schlafsack, kein Zelt.«

»Öffentliche Verkehrsmittel?«

»Nein, alles zu Fuß.«

»Essen im Gasthaus oder nicht?«

»Selbstversorgung heißt Selbstversorgung. Beeren, Pilze und Heuschrecken.«

Christoph hatte den Game-Boy sinken lassen und zugehört. Er war jetzt zur Gänze so blaß wie das Pflaster auf seiner Wange. Er hatte noch nie eine derartige Sonderaktion mitgemacht. Ich hingegen wußte, daß sie mich auch auf diese Weise nicht kriegen würden, schon gar nicht jemand, der meine Alu-Baseballkeule als Prügel bezeichnete. Ich warf noch einmal einen Blick in das Buch der Neuen. In Nahaufnahme war das Hinterteil einer Schildkröte bei der Eiablage zu sehen. »Was ist eigentlich das Besondere an dieser Caretta caretta?« fragte ich. »Sie weint manchmal«, sagte die Neue.

Zuerst sieht sie die Schildkröten weinen, dachte ich, und bald kommt die Zeit, da wirft sie Gläser gegen die Wand und schneidet sich die Arme auf oder sie steckt den Kopf zwischen die Knie und sagt gar nichts mehr.

Ich stand auf und ging, um meinen Onkel Josef anzurufen.

Am Apparat war Kossitzky, und er lachte kurz auf, als er meine Überraschung merkte. »Alle nennen mich Josch«, sagte er, »aber in Wahrheit heiße ich Josef, und so was wie ein guter Onkel bin ich doch auch.« Daran war nicht zu rütteln.

»Komm bitte her, so schnell du kannst«, sagte er. Kossitzky war absolut nicht jemand, der die Dinge dramatisierte, ganz im Gegenteil. ›Das Leben ist ernst‹, sagte er manchmal, ›auch in Kleinigkeiten. Man kann zum Beispiel an einer Fischgräte ersticken.‹ Als er mir seinerzeit einen Dienst erwiesen hatte, hatte er sich gewissermaßen daran gehalten.

»Aber ich war doch eben erst dort«, sagte ich.

»Ich meine nicht die Webgasse.«

»Sondern?«

»Das Kaiser-Franz-Joseph-Spital. Zehnter Bezirk, Kundratstraße. Schau es dir auf dem Stadtplan an. Urologische Abteilung. Erster Stock, Station Rechts, Zimmer vierzehn.«

Ich legte auf. Ich hasse Spitäler.

Ich erschrak, als ich Kossitzky sah. Ich bin üblicherweise nicht so leicht aus dem Gleichgewicht zu bringen, doch diesmal befiel mich momentan das Gefühl, Grundlegendes übersehen zu haben. Ich hatte Kossitzky vor gut drei Wochen zum letzten Mal getroffen, und er war gewesen wie immer: ein kleiner, kräftiger Mann mit kurzem Nacken, einem weißgrauen Haarkranz auf dem Hinterkopf, buschigen Augenbrauen und einem Netz feiner blauer Äderchen auf den Wangen, mit seinen vierundsechzig Jahren durch und durch vital wirkend, blitzende Augen, Fäuste wie ein Boxer und so fort. Jetzt war er graugrün im Gesicht, hohlwangig, die Augenlider geschwollen, so wie man sich vielleicht Menschen vorstellt, die in eine Giftgaswolke gekommen sind oder ihren Gemüsegarten neben einem undichten Kernkraftwerk haben. Außerdem schien er enorm abgenommen zu haben, zehn Kilo zumindest oder zwölf. Er saß an einem kleinen Tisch am Fenster, neben sich einen Infusionsständer. Irgendein Zeug mit rosa Tönung tropfte in ihn hinein. Er steckte in einem ausgewaschenen dunkelblauen Pyjama mit gelben und weißen Längsstreifen. »Stell keine Fragen!« sagte er rasch, nachdem ich ihm die Hand geschüttelt hatte, »stell jetzt keine Fragen, sondern laß mich reden. Die Zeit drängt, und das hier hat keine Zukunft.« Er wies mit dem Daumen hinter sich ins Zimmer. Die anderen Patienten waren ohne Ausnahme unendlich alte, gesichtslose Männer, die entweder röchelten oder schon tot waren. Ich zählte sie nicht. Kossitzky begann hastig zu erzählen.

Er war wegen plötzlicher heftiger Schmerzen in der linken Leiste und Blut im Harn vor eineinhalb Wochen ins Krankenhaus gegangen, hatte selbst an einen Harnleiterstein oder eine Blasenentzündung gedacht. Schon am dritten Tag hatten sie ihm mitgeteilt, er habe einen inoperablen Nierenkrebs. »Hypernephrom«, sagte er, »das klingt wie hypermodern oder schlimmstenfalls wie hypernervös. Dieser weizenblonde Oberarzt mit der Intellektuellenbrille hat mir noch erklärt, man sehe bei diesem Tumortyp unter dem Mikroskop große, wasserhelle Zellen, und dabei war eine Euphorie in seinem Wesen, eine wasserhelle Intellektuelleneuphorie.« Sie hatten ihn in alle möglichen Computer- und Kernspintomographen gesteckt, ihm mehrmals Kontrastmittel durch die Adern gejagt und schließlich durch einen kleinen Schnitt unterhalb des Nabels in seine Bauchhöhle hineingeschaut. »Dann war das Ausmaß der Angelegenheit klar«, sagte Kossitzky, »der Tumor selbst groß wie zwei Fäuste, Metastasen überall, an Lunge, Leber, Bauchfell und im Hirn. Am Schluß haben sie mir noch den Psychiater geschickt. Der Psychiater war nett und hat gesagt, von den Hirnmetastasen merkt man noch nichts, und ich habe gesagt, ich merke auch noch nichts, aber ich habe das Gefühl, das kann sich schon bald ändern. Daraufhin hat er mir ein Antidepressivum verschrieben.« Sie hatten gleich mit einer Chemotherapie begonnen. ›So aggressiv wie möglich, so verträglich wie nötig‹, hatte der Oberarzt gesagt, und er hatte auch gesagt, die Heilungschancen stünden laut Literatur in diesem Stadium der Erkrankung bei zirka zwölf bis fünfzehn Prozent. Eine nennenswerte Lebenszeitverlängerung sei unabhängig davon auf jeden Fall erreichbar.

»Ich habe in meinem ganzen Leben noch nie zu den zwölf bis fünfzehn Prozent gehört«, sagte Kossitzky, »und ich bin nicht einer, an dem Wunder gewirkt werden. Ich will weg von hier, weg aus dem Spital und weg aus der Stadt, irgendwohin, wo mir noch einmal eine Woche lang die Sonne aufs Fell scheint. Sonst nichts. Und ich will, daß du mich begleitest.« – »Frankreich ist Fußballweltmeister«, sagte ich, weil mir nichts Besseres einfiel.

»Ja, Ronaldo soll krank gewesen sein, deswegen. Kommst du mit?«

»Warum ich?«

»Weil ich sonst niemanden habe.«

»Was ist mit Ihren Söhnen?«

»Was soll mit ihnen sein. Sie sind beide Polizisten.« Das war allerdings ein Argument. Kossitzky selbst war bis zu seiner Pensionierung vor etwas mehr als einem Jahr Justizwachebeamter gewesen, früher in einer Sonderstrafanstalt für geistig abnorme Rechtsbrecher, zuletzt ein höheres Tier im landesgerichtlichen Gefangenenhaus. ›Die gewöhnlichen Knackis sind zwar weniger originell‹, sagte er ab und zu, ›aber ansonsten viel einfacher zu handhaben. Außerdem gibt's da nicht diese Menge Auflagen und Spezialvorschriften. Und hie und da kommt einem schon einer unter, bei dem sonnenklar ist, daß die Herren Sachverständigen die lockere Schraube übersehen haben.‹ Kossitzky legte großen Wert auf die Unterscheidung von Polizisten und Justizwachebeamten. Ein Gefängnis sei im Grunde nichts anderes als eine Art Wohngemeinschaft, und Justizwachebeamten seien durchaus immer wieder eine Mischung aus Erzieher und Psychotherapeuten. Polizisten seien hingegen in erster Linie Uniform- und Waffenträger, das mit dem Freund und Helfer und der Sozialarbeiterfunktion sei ein aufgelegter Schmarrn. Diesen Unterschied hätten seine Söhne nie begriffen, und jetzt stünden sie da, grün mit Glock und Gewerkschaftsausweis, und niemals auch nur annähernd in Gefahr, mit einem Justizwachebeamten verwechselt zu werden. Über Schlagringsammlungen und die andere Sache spreche ich mit Kossitzky nicht. Ihm habe ich auch noch kaum eine der Geschichten über meinen leiblichen Vater erzählt.

»Wohin wollen Sie fahren?« fragte ich. Kossitzky zuckte mit den Schultern. »Ich weiß nicht«, sagte er, »mach einen Vorschlag. Die Sonne soll scheinen.«

»Zakynthos«, sagte ich.

»Wie bitte?«

»Zakynthos, mit Z.«

»Wo ist das?«

»Eine griechische Insel, weißer Sand, Meer, die Wracks alter Piratenschiffe.«

»Klingt gut. Zakynthos. Das heißt also, du fährst mit?«

»Ja. Eventuell fährt noch jemand mit.« Kossitzky zog die Brauen hoch. »Was heißt das: eventuell fährt noch jemand mit!?« fragte er.

»Die Neue«, sagte ich, »Isabella, ich denke, sie wird mitfahren wollen.«

»Eventuell oder sicher? Zwei Tickets oder drei?«

»Drei. Sie fährt sicher mit, wenn sie hört, es geht nach Zakynthos.«

»Wie ist sie, diese Isabella?«

»Meistens ist sie still, zwischendurch summt sie stundenlang, und sie steht auf Schildkröten.«

»Das heißt, sie könnte zu uns passen. Wie alt ist sie?«

»Sechzehn«, sagte ich so beiläufig wie nur möglich, »Vormund ist ihre Mutter, und das Recht auf Pflege und Erziehung liegt bei der Wohngemeinschaft.« Kossitzky grinste: »Mit anderen Worten: Sie ist dreizehneinhalb, die Vormundschaft liegt derzeit beim Jugendamt, und überhaupt ist die rechtliche Situation völlig unklar.« Manche Leute denken, ich lüge immer. »Dem Aussehen nach könnte sie sechzehn sein«, sagte ich. Kossitzky winkte ab. »Ist egal«, sagte er, »du sagst, sie fährt mit, also fährt sie mit. In bestimmten Lebenslagen kann man sich nicht mehr um alles kümmern.« Er hob den Kopf und blickte sich um. Dann winkte er mich nah zu sich heran und legte seine Hand auf meinen Unterarm. »Von dir brauche ich noch etwas, abgesehen von deiner Gesellschaft«, sagte er leise.

Die Krankenschwester, die ins Zimmer kam, war zwar unzweifelhaft eine geile Schnitte, kastanienbrauner Schopf, der Mund von Uma Thurman, der Rest mehr baywatchartig, aber sie störte trotzdem. Sie warf einen Alibi-Blick auf die Flasche mit der rosa Infusionslösung, fummelte wichtig an dem Infusionsbesteck herum, tat so, als würde sie die Tropfgeschwindigkeit verändern, sagte dann mit süßlicher Stimme: »Sonst haben Sie nie Besuch, Herr Kossitzky, und heute ist schon vor der Besuchszeit so ein netter junger Mann da.« – »Er ist mein Neffe«, sagte Kossitzky, »der jüngste Sohn meiner verstorbenen Schwester, nicht wahr, Dominik?« – »Ja, Onkel Josef«, sagte ich und lächelte der Schwester zu, als wäre sie die Heilige Maria Mutter Gottes persönlich. Sie fragte noch, ob er Kaffee und Kekse wolle, und Kossitzky sagte nein, denn die Frage sei in Wahrheit, ob er Kaffee und Kekse ebenso erbrechen wolle wie alles andere, und das wolle er nicht wirklich, also nein danke, er wisse ihre Aufmerksamkeit zu schätzen. »Am Abend das nächste Fläschchen«, sagte die Schwester und grinste gekünstelt. Sie zog noch eine rasche Schleife durch den Raum, von einer Mumie zur anderen, und verschwand dann. Keiner brauchte sie.

»Du hast doch Kontakte in der Szene«, sagte Kossitzky, als wir wieder allein waren. »Welche Szene?« fragte ich.

»Nicht, was du jetzt denkst. Ich meine Zugang zu allem möglichen Medikamentenzeug.«

»Wenn ich will, hab ich den.«

»Ich möchte, daß die kommende Zeit für mich halbwegs angenehm wird.«

»Was heißt das: halbwegs angenehm?«

»Das heißt, ich möchte mich wohl fühlen und keine Schmerzen haben.«

»Ich verstehe«, sagte ich, »ich bin schließlich dafür zuständig, daß sich die Leute wohl fühlen.« Das klang extrem blöd, aber andererseits klingt wahrscheinlich alles, was du antwortest, extrem blöd, wenn dir einer sagt, er möchte keine Schmerzen haben.

Kossitzky schloß die Augen und preßte die Fingerkuppen gegeneinander. »Geld spielt keine Rolle«, sagte er nach einer Weile, und das klang auch so hilflos, wie es in diesen drittklassigen Hollywood-Schinken immer klingt. Er atmete schwer.

Ich registrierte erstmals den warmen Geruch in dem Raum. Urin hätte man sich auf einer Urologie erwartet, aber es war anders, eher bitter, so, wie von diesen großen Gartenmargeriten mit den nie geraden Stengeln.

»Wie lange werden wir weg sein?« fragte ich. »Eine Woche«, sagte er, »vielleicht zwei.«

Ich zerstreute Kossitzkys Bedenken bezüglich der Reisepässe; auf Grund der diversen Urlaubsaktionen müssen nämlich alle, die in die WG eintreten, einen gültigen Reisepaß besitzen. »Wie heißt diese Isabella eigentlich mit Familiennamen?« fragte er noch, »es ist wegen der Flugtickets.« – »Kossitzky«, sagte ich, »sie heißt Kossitzky. Sie ist doch Ihre Nichte, oder?« Er lachte.

Wir vereinbarten, daß er sich telefonisch rühren würde, sobald die Sache mit der Buchung unter Dach und Fach war. Er meinte, er kenne da ein Reisebüro, das auch ganz ausgefallene Wünsche realisieren könne.

»Die Schwester täuscht sich«, sagte er, als ich mich erhob. Er blickte zu seiner Infusion empor: »Am Abend wird es für mich kein nächstes Fläschchen geben.« Ich verabschiedete mich. Er täuschte sich auch. Ronaldo krank oder gesund, Frankreich wäre so oder so Weltmeister geworden. Aber so was soll man einem Schwerkranken nicht sagen.

Der Karlsplatz war praktisch menschenleer. In der Opernpassage lag mächtig die Hitze. Vor dem Espresso am Zugang zum Resselpark hockte Buddy, der fette Streetworker, und kippte ein Budweiser auf seine gegenwärtige Beschäftigungslosigkeit. Keiner war da, mit dem er eines seiner pädagogischen Bekehrungsgespräche führen hätte können. »Buddy, der fleischgewordene Lebensüberdruß«, sagte ich. »Dominik, das Hurenkind«, antwortete er, »setz dich her, ich lade dich ein.« Wir hatten von Anfang an eine ziemlich direkte Art gehabt, miteinander zu reden. Ich bestellte ein großes Soda-Zitron. »Ist irgendeine Quelle am Platz?« versuchte ich die Lage zu sondieren. Buddy schüttelte den Kopf. »Seit Wochen nicht mehr«, sagte er, »zuerst haben sie geschlossen diese unnötige Fußball-WM geschaut, und jetzt liegen alle auf Dauerwelle nackt in der Lobau.« Nur Gonzo, »die Pfeife«, saß angeblich in der Nähe unter einem Baum und gab sich eine seiner RoRo-Mischungen nach der anderen, RotweinRohypnol. »Aber bei dem ist nichts zu machen«, sagte Buddy, »der ist ausbetreut, gewissermaßen schon von Geburt an.« Er philosophierte ein wenig über jene Menschen, deren einzige Absicht im Leben es war, sich selbst zugrunde zu richten, und darüber, daß er in seinem Job nur schauen konnte, daß diese Geschichten nicht allzu schnell abliefen. »Andere, die es nicht darauf anlegen, sterben auch«, sagte ich. »Jeder stirbt«, sagte Buddy. »Jawohl«, sagte ich, »jeder stirbt, der Karlsplatz ist das Fegefeuer und Zinedine Zidane ist Gott.«

Wir saßen da, schauten ins satte Grün der Sträucher, und ich versuchte mir vorzustellen, wie es war, von großen wasserhellen Zellen aufgefressen zu werden. Ich konnte mich erinnern, wie meine Mutter vor der Geburt meiner Halbschwester zu Hause Wehen bekam und ihr dann auch noch die Fruchtblase platzte. Ich war damals zehn und angesichts der blutigen Flüssigkeit, die ihr da die Beine hinabrann, der festen Überzeugung, sie müsse augenblicklich sterben. Ich konnte zu diesem Zeitpunkt nicht wissen, daß die Kleine eine mordsmäßige Neugeborenengelbsucht bekommen und mit unserer Mutter fast drei Wochen im Krankenhaus bleiben würde, und ich konnte genausowenig wissen, daß weder der Blasensprung noch die Gelbsucht das wahre Problem werden würde. Ich erinnerte mich auch, wie ich eine gute Woche danach mit dem Schädel in den Computertomographen einfuhr, noch halb bewußtlos, wie mein Stiefvater daneben stand und der Röntgenassistentin meinen unglaublichen Sturz von der Dachbodentreppe schilderte, und wie mich, obwohl ich mich an nichts exakt erinnern konnte, der inständige Wunsch überschwemmte, er möge auf der Stelle tot umfallen.

»Hast du sterile Leerampullen und Nadeln bei dir?« fragte ich. Buddy schien kurz in eine Sinnkrise zu geraten. »Ich habe nicht gewußt, daß du jetzt auch an der Nadel hängst«, sagte er. Ich zeigte ihm meine Arme: »Nicht für mich, sondern für meinen besten Freund.«

»Seit wann hast du einen besten Freund?«

»Schon länger. Es muß nicht immer jeder alles wissen.«

»Kenne ich ihn?«

»Er heißt Josch Kossitzky. Und er stirbt.«

»Jeder stirbt. Wieviel von dem Zubehör brauchst du?«

»Wieviel hast du dabei?«

Buddy öffnete seinen schwarzen Seesack und kramte darin herum. »Hundert Ampullen zu zwei Milliliter, vierzig Ampullen zu fünf Milliliter, zweihundertfünfzig Nadeln.« – »Gib mir dreißig Zweier, fünfzehn Fünfer und fünfzig Nadeln«, sagte ich. »Die Bescheidenheit in Person«, ätzte Buddy und sortierte die Sachen vor mich auf den Tisch hin. »Was kostet das?« fragte ich. »Das Soda-Zitron zahlt Buddy, der Menschenfreund«, sagte er, »das Besteck zahlt die Gemeinde.«

Er erzählte mir, daß er daran denke, aus der Drogenarbeit auszusteigen und in die Familienbetreuung oder zur Bewährungshilfe zu wechseln. »Da mußt du nicht dauernd irgendwelche Todesfälle verarbeiten«, sagte er. Nicht dauernd, dachte ich, sagte aber nichts. »Gonzo wird diesen Sommer auch nicht überleben«, meinte er, »Gonzo ist vierunddreißig, und eigentlich hat man den Eindruck, als treibe er sich schon mindestens vierunddreißig Jahre hier herum.« Der Resselpark ohne Gonzo, »die Pfeife«, würde sein wie der Stephansplatz ohne Dom oder wie der Prater ohne Riesenrad. Ab und zu rissen Todesfälle tatsächlich Lücken, die man bemerkte. »Sprengelsozialarbeiter«, sagte ich zu Buddy.

»Wie bitte?«

»Du könntest auch Sprengelsozialarbeiter beim Jugendamt werden.«

»Wie kommst du darauf?«

»Einfach so ein Gefühl. Du bist fett, und außerdem trägst du weiße Tennisschuhe.«

»Was hast du gegen meine Tennisschuhe? Ich verstehe nur Bahnhof.«

»Ein Sprengelsozialarbeiter schützt psychopathische Jugendliche wie mich vor den Absichten der anständigen Menschen, uns zu erziehen. Er läßt uns pro Monat zweimal sechshundertvierzig Schilling aus Steuergeldern zukommen, verteidigt uns gegen die Polizei und gegen Amtsärzte, die uns in die Psychiatrie einweisen wollen, und besucht uns im Gefängnis, wenn es doch einmal soweit ist.«

»Mit anderen Worten: ein Heiliger.«

»Du bist doch ein Heiliger. Buddy Sima ist in der ganzen Stadt als Heiliger bekannt.«

»Ja, ja, ich weiß, und Zinedine Zidane ist Gott.«

Er sprach ›Zinedine Zidane‹ richtig aus, das war für einen übergewichtigen Streetworker, der mit Sport unter Garantie rein gar nichts am Hut hatte, höchst bemerkenswert. Ich hatte ihn ohnehin im Verdacht, daß er zwar über die anderen Fußballsüchtigen lästerte, in Wahrheit jedoch selbst zumindest jedes zweite WM-Spiel im Fernsehen gesehen hatte.

»Weißt du, wo ich starke Schmerzmittel bekommen kann?« fragte ich ihn. Er schien ein wenig irritiert: »Du meinst Medikamente, nicht besonders gutes Heroin oder so in der Richtung?«

»Exakt, ich meine echte, originalverpackte, sterile Medikamente.«

»Für deinen besten Freund, der im Begriff ist zu sterben?«

»Du hast es erfaßt, genau für den!« Buddy bestellte noch ein Bier. Bei ihm ist es mir besonders egal, wenn er mir nicht glaubt. Ich denke, ein Streetworker wird dafür bezahlt, daß er sich bescheißen läßt und sich nicht darum kümmert, weil er die Lüge für die ursprüngliche Kommunikationsform der Menschen hält.

»Ich kenne einen Apotheker im zehnten Bezirk, von dem du für die Art Dienste, die du anbietest, sicher einiges haben kannst«, sagte Buddy. »Er zahlt ganz gut«, antwortete ich, »aber Codidol retard ist das Äußerste, das er ausläßt.«

»Du kennst ihn also auch?«

»Er hat Angst vor seiner Frau, vor seinen Angestellten, vor der Apothekerkammer und überhaupt vor der ganzen Welt.«

»Wenn du tatsächlich schärfere Munition brauchst, fällt mir nur noch dieser Heinz König ein. Er ist eine Art Legende. Es heißt, er arbeitet manchmal in der Arzneimittelfirma seiner Eltern mit, und es heißt auch, er macht kolossale Geschäfte mit Bulgarien und der Ukraine. Angeblich gibt er sich aber mit kleinen Fischen nicht ab.«

»Ich fahre einfach hin.«

»Viel Vergnügen! Es heißt, er schießt auf Leute, die in sein Haus wollen, wenn er sie nicht kennt.«

»Dann werd ich zurückschießen.«

Ich trank den Rest von meinem inzwischen total warmen Soda-Zitron nicht aus. Buddy würde ihn möglicherweise unter den Tisch leeren, die Ameisen beobachten, die sich davon anlocken ließen, gemächlich sein Bier austrinken und sich dann um Gonzo kümmern. Im Sinne der Heiligkeit.

Ich querte zum Schwarzenbergplatz hinüber, um in den 71er stadtauswärts zu steigen. Es war inzwischen unerträglich schwül, und ich wünschte mir ein Gewitter. In der Straßenbahn kam mir der Gedanke, daß ich nicht einmal wußte, ob Two Face momentan drinnen oder draußen war. Zuletzt war er von einem Polizisten aus dem 11er Kommissariat, der in seiner Nähe wohnte und eine zwölfjährige Tochter hatte, ständig wegen Suchtgiftbesitzes festgenommen worden. »Wenn das Kind nicht wäre, hätte ich ihn längst eliminiert«, hatte Two Face gesagt, aber er ist einer von uns kinderpsychiatrisch diagnostizierten Persönlichkeitsentwicklungsgestörten, und womöglich lügt er genauso oft wie ich. Ich fuhr jedenfalls diese endlose Simmeringer Hauptstraße entlang, in der weiter draußen die Häuser immer niedriger werden. Sogar die Peep-Show, die es dort gibt, wirkt, als stünde sie in Krems oder Neusiedl oder Bruck an der Mur. Knapp vor dem Zentralfriedhof stieg ich aus. Der Gemeindebau, dessen Hofanlage ich betrat, war komplett neu renoviert worden. Die Balkone hatte man zu Glasveranden umgebaut. Ewig schade, wenn man Two Faces Talent, eine Wohnung zu versauen, kannte. Einmal hatte er seinen ganzen Bierrausch bei meinen Eltern auf die weiße Ledersitzgarnitur hingekotzt. Mein Stiefvater hatte nachher gemeint, ich müsse für meine Freunde geradestehen.

Ich ging unter einigen staubigen Laubbäumen durch, vorüber an einer Nilpferd-Skulptur aus Beton, zur Stiege Nummer vier. An der Gegensprechanlage drückte ich zirka sieben Knöpfe. Als sich eine Frau meldete, sagte ich: »Reklame, bitte aufmachen, Reklame«, das ganze mit einem afghanisch-nepalesischen Akzent. Das wirkt immer. Sie hatten auch einen Lift eingebaut. Ich ging trotzdem zu

Fuß. Wenn ich meine, daß irgendwas unter keinen Umständen schiefgehen soll, bin ich abergläubisch. Außerdem ist der zweite Stock ja wirklich nicht der Mount Everest. Ich drückte die Klingel bei Nummer vierzehn. Vermutlich hatte ich unbewußt einen Two Face im Kenzo-Sakko und in der Hose von René Lezard erwartet oder so in der Art, denn es hob mich ganz schön aus den Socken, als die Tür aufging. Vor mir stand ein hagerer, kurzhaariger Typ, Hakennase, schmale Brille, vollkommen nackt. Er trug einen mordsmäßigen Ständer vor sich her und war offenbar zugekokst bis an die Haarwurzeln. »Hallo«, brachte ich mit Mühe raus, »ist Two Face zu Hause?« Der Typ rief über die Schulter in die Wohnung hinein: »Hey Mike, hier ist ein halbwüchsiger Knackarsch, der wissen will, ob du zu Hause bist?« – »Nur, wenn er mir kurz einmal einen bläst«, hörte ich Two Faces Stimme in einer ziemlich hysterisch-hohen Lage. Mir war nicht geläufig gewesen, daß Two Face auch Mike hieß oder in Wahrheit vielleicht Michael, wenn man das ganze fortspann. Seinerzeit hatten sich einige von uns diese Batman-Namen gegeben. So hatte sich zum Beispiel Herbert mit dem Hängebauch eine Zeitlang Joker genannt. Two Face hatte ich erst kennengelernt, als er längst Two Face war und nichts anderes, obwohl es, wenn man mich fragt, nur einen gibt, auf den dieser Name wirklich paßt, nämlich Philipp, das Feuermal. »Nur wenn du ihm einen bläst, Süßer«, flötete mich Mister Hakennase an und reckte mir seinen Steifen entgegen. Ich sagte nicht ›Leck mich am Arsch‹ oder so, denn das hätte mit Sicherheit bestenfalls eine ›Tu ich doch gern‹- oder ›Nur den Arsch?‹-Bemerkung hervorgerufen. Ich öffnete meine Kipling-Tasche, zog die Anaconda hervor und zielte zwischen seine Beine. »Dreh dich um und verschwinde, sonst blas ich dir die Eier weg!« zischte ich. Ich lächelte ihn dabei an. Der Typ verlor etwas an Farbe und tat augenblicklich, was ich verlangt hatte. Einen Moment lang konnte ich sehen, daß er eine deutliche Rückgratverkrümmung hatte. Ich schloß von außen die Tür und ging die Treppe hinunter.

In der dritten Telefonzelle fand ich schließlich ein Telefonbuch mit dem Buchstaben K. Der Name König zog sich über mehr als eine Seite, Heinz König gab es einen einzigen. Er wohnte im zweiundzwanzigsten Bezirk und war daher von vornherein auszuschließen. Im Vierzehnten gab es genau dreißig Registrierungen unter dem Familiennamen König. ›Mag. Liane/ Dipl.Ing. Walter König‹ waren jene, die am ehesten als Inhaber einer Arzneimittelfirma in Frage kamen. Ich warf ein, wählte und hörte vom Band des Anrufbeantworters, daß die beiden momentan unter dieser Nummer nicht zu sprechen seien, daß man sie jedoch aller Wahrscheinlichkeit nach in der Firma MC-Pharma, Rufnummer sowieso, erreichen könne. Volltreffer. Ich prägte mir die Adresse ein und ging das letzte Stück der Simmeringer Hauptstraße vor bis zum Zentralfriedhof. Gleich neben dem ersten Tor befand sich ein Taxistandplatz. Der Wagen ganz vorne, ein älterer türkisblauer Mazda 626, war mir unsympathisch. Ich stieg in den silbergrauen Mercedes, der als dritter in der Kolonne stand. Der Fahrer drehte sich um zu mir und sagte: »Ich kann es ja verstehen, aber an sich müßtest du in den ersten Wagen steigen.« – »Ich kenne den Fahrer«, sagte ich, »er hat zuletzt ständig versucht, mir an den Hintern zu greifen.«

»Es gibt schon Schweine auf dieser Welt. Wohin willst du?«

»Robert-Fuchs-Gasse, vierzehnter Bezirk.«

»Sagt mir nichts. Wo genau soll das sein?«

»Am Wolfersberg.«

Der Taxifahrer holte einen zerlesenen Buchplan aus dem Handschuhfach und blätterte nach. »Die letzten Häuser ganz oben«, sagte er, nachdem er es gefunden hatte, »sozusagen die Gipfelsiedlung. Das ist weit von hier und wird dich eine Menge Geld kosten.« – »Kein Problem«, sagte ich, »meine Eltern besitzen eine Arzneimittelfirma.« Damit war er beruhigt. Er wollte einiges über die Firma wissen, welche Medikamente wir erzeugen und wie überhaupt das Geschäft so geht und so fort. Ich erzählte, bei MC-Pharma würden hauptsächlich Morphium und andere schwer süchtigmachende Schmerzmittel hergestellt, außerdem Psychopharmaka für die wirklich hoffnungslos Schizophrenen, wo man schon beim Hinschauen die ärgsten Nebenwirkungen bekomme. Unsere Abnehmer seien vor allem Intensivstationen und psychiatrische Krankenhäuser, und durch die Spezialisierung auf diese Bereiche laufe die Sache sehr gut. Meine Mutter sei Pharmazeutin, und mein Vater habe überhaupt sowohl Betriebswirtschaft als auch technische Chemie studiert, beides auch abgeschlossen, verstehe sich, also sei ihnen gewissermaßen nichts anderes übriggeblieben, als in dieser Branche erfolgreich zu sein.

»Kann man eure Firma einmal besichtigen?« fragte der

Taxifahrer. Nein, sagte ich, das sei aus mehreren Gründen leider nicht möglich. Erstens trachte man grundsätzlich danach, Werksspionage zu verhindern, zweitens sei die Produktion legaler Suchtmittel ein besonders heikler Bereich, und es sei schon rein rechtlich nicht möglich, fremde Personen in den Betrieb zu lassen, und drittens habe bei der Erzeugung von Pharmaka eine ähnliche Keimfreiheit zu herrschen wie bei der Herstellung von Elektronikchips, also könne man jemanden, der da womöglich allerhand Bakterien oder Viren oder sonstwas einschleppe, nicht wirklich brauchen. Er solle deshalb nicht böse sein. »Ich bin nicht böse«, sagte der Mann, »ganz und gar nicht, aber weißt du, ich bin Rheumatiker und muß Tag für Tag sechzehn Pulver schlucken. Daher interessiere ich mich ein wenig für Medikamente.« Er streckte die rechte Hand zurück zu mir. Die Finger waren total knotig verändert, so, als habe man auf jedes Gelenk mit einem Hammer draufgeschlagen. »Am Morgen ist es besonders arg«, sagte er, »bis ich die Finger voll ums Lenkrad biegen kann, dauert es eine gute Stunde.« – »Das ist schlimm für Sie«, sagte ich, »aber in unserer Firma erzeugen wir leider keine Rheumamittel.« Gelenksrheumatismus ist kein Nierenkrebs. Der Mann war vielleicht fünfzig und hatte eine gewisse Ähnlichkeit mit Harvey Keitel. Den mochte ich auch nicht.

In der Robert-Fuchs-Gasse ließ ich ihn vor einer großen Flachdachvilla mit weißen Fenstergittern und enormem Garten anhalten. »Da sind wir«, sagte ich. »Nicht schlecht«, sagte der Fahrer, »bist du Alleinerbe?« – »Nein, ich habe eine ältere Schwester. Aber die bringe ich irgendwann einmal ums Eck.« Er lachte hysterisch. Das Fahrtgeld machte dreihundertvierzig Schilling aus. Ich kam ganz kurz in Versuchung, ihm ein Ersatzgeschäft anzubieten, doch ich hatte schlicht zu wenig Zeit, um mit einem möglicherweise Unroutinierten ewig herumzutun; daher bezahlte ich einfach. Ich ließ mir eine Rechnung schreiben. »Als Beweis für meine Eltern«, sagte ich, »mein Vater ist der Meinung, ich belüge ihn ständig.« Ich gab ihm vierzig Schilling extra. »Trinkgeld ist gut fürs Rheuma, stelle ich mir vor«, sagte ich. Irgendwo auf der Welt, in Afghanistan oder in Kambodscha oder in Burundi gab es sicher Militäroffiziere oder Guerillakämpfer, die ihren gefangenen Gegnern tatsächlich mit kleinen Hämmerchen auf die Fingergelenke klopften. Der Mann fuhr davon, ohne noch einmal den Mund aufzumachen. Sein silbergrauer Mercedes war ein schönes Auto.

Ich erinnerte mich an den anthrazitfarbenen Mazda Xedos meines Stiefvaters. Er war eine Zeitlang sein allergrößtes Heiligtum gewesen. Ich erinnerte mich auch an jenen Freitag, an dem wir nach einem Einkaufsnachmittag aus der Südstadt nach Hause kamen. Mein Stiefvater hatte einen neuen Drucker für seinen PC und allerhand sonstiges EDV-Zubehör gekauft, meine Mutter war genervt herumgestanden, und meine Schwester hatte ununterbrochen gequengelt, obwohl man ihr alle paar Minuten das Teefläschchen in den Mund gerammt hatte. Alle waren froh, wieder zu Hause zu sein, mein Stiefvater hatte es vermutlich eilig, den neuen Drucker zu installieren, und ich brauchte ein wenig länger beim Aussteigen, da ich im Auto wie immer meine halbhohen Leinen-Reebok abgelegt hatte und das mit dem Anziehen unter Druck und auf dem Rücksitz so eine Sache war. Ich hatte jedenfalls die Hand noch am Auto, als mein Stiefvater die Tür zuwarf. Die Spitzen von Mittel- und Ringfinger meiner linken Hand waren drin. Ich spürte kurz gar nichts und schaute genau diese eine Sekunde lang meinem Stiefvater überrascht in die Augen. Er begann zu grinsen, hob die Hand mit dem Autoschlüssel und drückte auf den Knopf für die Zentralverriegelung. Klack, klack, klack, klack, alle vier Türen waren zu. In diesem Augenblick fuhr der Schmerz in meinen linken Arm, bis zur Schulter. Ich brüllte auf und rammte zugleich mein rechtes Bein mit aller Kraft gestreckt nach vorne. Ich traf ihn exakt unter dem Brustbein. Er knickte ein, stöhnte und krümmte sich und hatte einen total roten Kopf, als er sich wieder aufrichtete. Er stellte das Paket mit dem Drucker ab, legte den Schlüsselbund aufs Autodach, und ab dann verschwimmt alles. Ich weiß nur, daß es angeblich Tiere gibt, die sich ihre Gliedmaßen selbst abbeißen, wenn sie mit ihnen irgendwo so hängenbleiben, daß sie nicht mehr loskommen.

Ich ging die Gasse entlang, vorbei an einer protzigen Stadtrandhütte nach der anderen. Nummer dreiundzwanzig war ein von außen vergleichsweise schlichtes Haus, einstöckig plus anscheinend ausgebautes Dachgeschoß. Es stand etwas nach hinten versetzt im Garten. Neben dem schmalen dunkelgrünen Lanzengittertor befand sich eine Gegensprechanlage mit zwei Klingelknöpfen. Auf dem Schildchen neben dem unteren Knopf stand ›L. & W. König‹, auf dem oberen ›Heinz König junior. Alleinstehend‹. Etwas gehirnerschüttert, fand ich, ungefähr so, als hätte ich an meiner Zimmertür einen Zettel hängen: ›Dominik Bach. Geil‹. Ich drückte erst den oberen, dann den unteren Knopf. Nichts rührte sich. Ich blickte mich um. Mit Hilfe des Pfeilers neben dem Gartentor war der Zaun relativ gefahrlos zu überklettern. Kein Mensch sah mir zu. Durch einen geschniegelten Vorgarten mit Buchsbaum, Lavendel und Rosen kam man zum Haustor. Ein Türklopfer aus Messing in Form eines Schlangenkopfes. Ich dachte an das stählerne Reptil in meiner Umhängetasche. Ich klopfte mehrmals. Keine Reaktion.

Es war dreiviertel fünf. Ich beschloß, mir und diesem Typen genau eine Stunde zu geben. Kam er nicht, mußte ich mir etwas anderes einfallen lassen. Ich dachte an den Apotheker im Zehnten, an seine geleckte Frisur, seinen komischen Körpergeruch und an seine Angst. Und ich dachte noch einmal an das Ding in meiner Tasche. Was wog schon eine Beschwerde bei der Apothekerkammer gegen den Tod? Ich legte mich unter einem alten Baum mit großen, gezähnten Blättern in die Wiese. Der Rasen war ziemlich frisch geschnitten. Das sprach dafür, daß die Leute hier nicht auf Urlaub waren.

An einem Strand begegnen mir Helene und Kossitzky. Helene trägt einen silberglänzenden Bikini, ähnlich dieser Dame aus der Firnbonbon-Werbung. Kossitzky sieht gesund aus und um fünfzehn Jahre jünger. Die beiden ziehen ein dunkelgrünes Schlauchboot hinter sich her. Sie wirken ausgelassen und sagen, sie seien auf dem Weg, eine gestrandete Riesenschildkröte zu bergen und aufs offene Meer hinauszutransportieren. Auf meine Frage, ob ich mitkommen könne, sagen sie ja, aber es sei davor nötig festzustellen, wie lange ich es ohne Sauerstoff unter Wasser aushalte. Für diese Prüfung gehen wir zu einem würfelförmigen, ringsherum durchsichtigen Becken, das auf einem Bretterpodium steht. In dem Becken befindet sich ein Mann, von dem vorerst nur der Rücken zu sehen ist. Es heißt, er sei der Meister. Von einem kleinen roten Trampolin aus mache ich einen Kopfsprung in das Becken. Ich versuche, wieder aufzutauchen, doch dieser Mann kriegt mich zu fassen, umfängt mich mit seinen Armen und läßt mich nicht mehr hoch. Er trägt eine schwarze Tauchermaske mit verspiegeltem Glas. Wenn ich an seinem Kopf vorbeiblicke, kann ich draußen Helene und Kossitzky stehen sehen. Sie pressen ihre Nasen gegen die Scheibe und winken mir zu. Ich versuche vergebens, ihnen begreiflich zu machen, daß sie das Glas zerschlagen sollen. Gleichzeitig beginne ich zwei Dinge zu verstehen: Keiner wird irgendwas zu meiner Rettung tun, keiner, und das Ertrinken findet im Kopf statt, nicht im Hals, nicht in den Lungen oder sonstwo. In dieser Sekunde sehe ich das Gesicht des Meisters. Ab da ist alles klar.

Ich erwache davon, daß ich keine Luft bekomme. Ein Bein in einer hellgrauen Stoffhose mit Bügelfalte steht mitten auf meiner Brust. Die Schuhspitze spüre ich an meinem Kehlkopf. Weiter oben hängt ein Bauch in einem weißen Kurzarmhemd über den Hosenbund. Vor dem Bauch ist der blanke Lauf eines großen Trommelrevolvers auf mich gerichtet. Darüber blickt mich das runde und rotwangige Gesicht eines jungen Mannes an.

»Ich habe schlecht geträumt«, presse ich hervor.

»In dem Ding hier ist eine Patrone, soviel ich gesehen habe«, sagt der Typ, »wenn ich jetzt abdrücke, ist die Chance, daß du in Zukunft gar nicht mehr träumen wirst, sechzehn komma sechs periodisch Prozent.« Es ist mein eigener Revolver, in dessen Mündung ich da starre. Ich muß geschlafen haben wie ein Murmeltier, wenn der Typ neben mir meine Tasche hat durchsuchen können. »Es stimmt also, daß Sie manchmal auf Leute schießen, die sich nicht vorher ankündigen«, sage ich.

»Wer hat dir das erzählt?«

»Buddy. Buddy Sima, der Streetworker.«

Er grinst und nimmt den Fuß von meiner Brust. »Buddy, der barmherzige Samariter«, sagt er.

»Ja, Buddy, der Heilige.«

»Steh auf!« Er nimmt die Anaconda verkehrt herum in die Hand und tritt zwei Schritte zurück.

Ich rapple mich hoch. Er ist einen halben Kopf größer als ich und hat ein echtes Babygesicht. »Sind Sie Heinz König?« frage ich zur Sicherheit. »Wer sonst, du Trottel?« gibt er zur Antwort, »was willst du?« – »Das ist eine mittellange Geschichte«, sage ich.

Wir gehen zwischen dem Haus und einem Gartengeräteschuppen durch nach hinten, vorbei an einem blaßbraunen Kompostsilo in einen schattigen Obstgarten. König wirft sich in eine Hollywoodschaukel, die dort unter einem alten Kirschbaum steht. Ich bekomme einen dieser weißen Gartenstühle mit pastellfarbenen Kunststoffgeflecht zugewiesen. Mintgrün in meinem Fall.

»Also? Du hast eine Waffe in deiner Tasche, einiges an Zeug und eine Menge Geld für einen Kerl in deinem Alter.

Ich hab dich hier in meinem Garten sitzen und keine Lust auf irgendeinen Ärger. Kinder machen in diesem Geschäft meistens Ärger. Das heißt, du sagst mir, was du willst und wofür, und versuchst nicht, mir irgendeinen Scheiß zu erzählen. Kapiert?«

Ich nicke. Auch wenn er mir diese Predigt jetzt nicht gehalten hätte, und auch wenn er nicht unablässig mit meinem Revolver herumgespielt hätte, was mich unglaublich nervös macht, hätte ich in diesem Fall nur die Wahrheit gesagt, die reine Wahrheit, so wahr mir Gott helfe. Ich denke kurz an das Poster von Gianluca Vialli über meinem Bett. In Wahrheit ist er Gott und nicht Zidane, meine kleine Schwester soll ein glückliches Leben haben, das hier soll ein gutes Ende nehmen und aus.

Ich erzähle also alles, die Sache mit Kossitzky und seiner Krankheit und dem Urlaub, den er noch mit mir machen möchte, außerdem von Isabella und Caretta caretta und von Zakynthos samt dem Piratenschiffswrack, das dort langsam im Sand versinkt. Am Ende hält König im Schaukeln inne und schiebt den Revolver über den Tisch zu mir herüber. »Wieviele Leerampullen und Nadeln hat dir Buddy gegeben?« fragt er.

»Dreißig Zweier, fünfzehn Fünfer und fünfzig Nadeln.«

»Warte hier«, sagt er, »ich bin gleich wieder da.« Er geht durch eine Kellertür mit Milchglasoberlichte ins Haus.

Ich blicke nach oben ins Laub des Kirschbaumes und denke, daß manche Leute einen Garten haben und ein Haus, einfach so, und andere in einer sozialtherapeutischen Wohngemeinschaft leben und eine kleine Schwester haben, die bei einer Pflegefamilie untergebracht ist, auch einfach so. Ein Trommelrevolver fühlt sich für alle gleich an, eine siebzehnjährige Mädchentitte auch und ein wasserheller Nierenkrebs erst recht.

Heinz König trägt eine Schuhschachtel vor sich her, als er zurückkommt. Er stellt sie auf den Tisch, nimmt zuerst zwei Getränkedosen heraus, wirft mir eine davon zu. Sie ist so kalt, daß ich kurz fürchte, meine Finger könnten daran klebenbleiben. »›Black Spider‹«, sagt König, »das einzige, von dem ich leider nie losgekommen bin.« Die Dose ist im Hintergrund grellgelb, die Spinne schwarz, no na. Das Zeug schmeckt wesentlich saurer als Flying Horse oder XTS. Ein eher mittelgradiges Vergnügen, wenn man Optik mal Geschmack nimmt. Ich trinke es trotzdem und grunze wohlgefällig, höflichkeitshalber. König entrollt daraufhin vor mir ein T-Shirt, senffarben mit Rundausschnitt, von der rechten Schulter abwärts einige feine Längsstreifen, abwechselnd dunkelgrün und burgunderrot, links ein dezenter Nani-Bon-Schriftzug. »Schenke ich dir«, sagt er, »dafür, daß ich dir deines versaut habe.« Ich schaue vorne an meinem blau-weißen Nike-Shirt hinab. Der Fußabdruck auf der Brust ist nicht wirklich der Rede wert. »Das kann man ja waschen«, sage ich. »Nimm es trotzdem. Es ist mir sowieso viel zu klein«, sagt Heinz König und klopft sich auf den Bauch. Na gut. Wann bekomme ich sonst schon was geschenkt?!

»Kannst du spritzen?« fragt König.

»Na klar kann ich spritzen«, sage ich.

»Auch bei anderen?«

»Nur bei anderen«, sage ich.

»Hast du einen Stauschlauch?«

»Nein, habe ich nicht.«

»Hier. Kostet extra.« Er legt mir eine funkelnagelneue hellblaue Staubinde samt Plastikschächtelchen hin.

»Tupfer? Spritzenpflaster?«

Ich schüttle den Kopf: »Keine Tupfer. Keine Pflaster.«

Eine Rolle Spritzenpflaster im Karton. Fünf Reihen zu je zehn einzeln verpackte Alkoholtupfer. »Hier. Kostet extra.«

»Ich komme mir vor wie im Spital«, sage ich und ziehe die Mundwinkel nach oben. Er bleibt ernst. »Es kommt gleich noch ärger«, sagt er. Er nimmt vier Medikamentenpackungen aus der Schuhschachtel, außerdem einen Haufen kleiner weißer Papierbriefchen. »Zweimal je fünf Ampullen Heptadon«, zählt er auf, »zweimal je zehn Ampullen Vendal, zehn Briefchen von der hauseigenen Spezialmischung.«

»Welche Spezialmischung?«

»Mundidol, Temgesic, Lexotanil plus eine Prise X, alles fein vermahlen. Das Effektivste, das du zum Schlucken kriegen kannst. Nur zum Schlucken, wohlgemerkt. Die Hausmischung ist nur zum Schlucken.«

»Verstanden. Nur zum Schlucken.«

Ich räume die Sachen in meine Tasche und hole die Geldbörse hervor. »Ich hoffe, ich habe genug Geld dabei«, sage ich. »Du hast«, sagt er und grinst. Er hat offensichtlich vorhin nachgezählt. »Viertausendeinhundert«, sagt er, »hundert pro Ampulle plus achtzig pro Briefchen, zweihundert für den Stauschlauch plus hundert für Tupfer und

Pflaster.« Ich lege ihm das Geld hin. Es ist nicht einmal die Hälfte dessen, was insgesamt in der Börse ist. »Warum verlangen Sie nicht mehr?« frage ich, »ich hätte, ohne zu fragen, auch das Doppelte bezahlt.« – »Ich weiß«, sagt er, »ich möchte mich manchmal einfach edel, hilfreich und gut fühlen.« Dagegen gibt es nichts zu sagen. Vor allem nicht, wenn es für mich dadurch billiger wird. Als ich aufstehen möchte, um zu gehen, bedeutet mir König, noch sitzen zu bleiben. »Ich muß dir noch etwas zeigen«, sagt er. Er langt ein letztes Mal in diese Schachtel und zieht einen blitzenden Trommelrevolver hervor. Ich greife reflexartig nach meiner Tasche. König lacht laut auf und schlägt mit der flachen Hand auf den Tisch. »Deine ist noch drin«, sagt er, »das hier ist die kleine Schwester, ungeladen.« Ich wende die Waffe hin und her. Sie scheint eine Spur kürzer zu sein als die Anaconda. In den Lauf ist der Schriftzug *Colt Python* eingraviert. Ich visiere die Milchglasscheibe der Kellertür an. »Nicht abdrücken«, sagt König, »Patronen werden manchmal durch höhere Mächte bewegt. Sie tauchen auf unerklärliche Weise auf und verschwinden wieder.« ›Ungeladen‹ hat er behauptet. Wer weiß? Gianluca Vialli ist schließlich auch Gott, und die wenigsten haben davon eine Ahnung. Das sage ich freilich nicht.

An der Tür meines Zimmers hing ein Zettel. Ich solle meinen Onkel Josef zurückrufen, unter der üblichen Nummer. Ich ging zu Helene ins Büro und fragte, ob ich ausnahmsweise mit dem Diensthandy telefonieren dürfe. Sie erlaubt das, wenn es kein anderer mitbekommt. »Du hast doch erst mit deinem Onkel gesprochen, oder?« fragte sie.

»Ja schon, aber er muß erst mit seiner Frau reden, mit Tante Helga, bevor wir die Geschichte endgültig machen.«

»Mit Tante Helga? Die Sache mit dem Gartenhaus?«

»Jawohl. Sie hat das Geld.«

»Die Siebenhundertfünfzigtausend?«

»Ganz so viel wird's wohl nicht werden.«

»Schade. Ich hab schon gedacht, du spendierst uns was.«

Sie nahm mich wieder einmal nicht ernst. Ich erzählte ihr daher auch nicht, daß ich von ihr geträumt hatte. Außerdem zog ich mich zum Telefonieren in mein Zimmer zurück.

Kossitzky hob sofort ab. »Ich habe gebucht«, sagte er, »wir fliegen am Samstag um drei Uhr früh, das heißt, in der Nacht von morgen auf übermorgen.«

»Das ist bald.«

»Ich schätze, in gewisser Weise bin ich in Eile«, sagte er.

Er hatte sich nach dem Ende der Infusion rasch angekleidet, seine Tasche genommen und das Krankenhaus verlassen. Die Herren in seinem Zimmer hatten es nicht mitbekommen, und auf dem Gang war ihm niemand über den Weg gelaufen. Daher hatte er nicht einmal einen Revers unterschreiben müssen. »Das Gesicht der Schwester Tausendschön vor meinem leeren Bett hätte ich noch ganz gern gesehen«, sagte er. Mir stieg der Geruch dieses Krankenzimmers in die Nase. Auf gewisse Dinge muß man verzichten können.

Zakynthos war, abgesehen von Einzelplätzen, in nächster Zeit vollkommen ausgebucht gewesen, die erste echte Möglichkeit in der zweiten Septemberwoche.

»Daher habe ich ein Schiff gekapert«, sagte Kossitzky.

»Was soll das heißen: ein Schiff gekapert?« Ich dachte für einen Moment an Hirnmetastasen und die hohen Außentemperaturen und machte mir ein wenig Sorgen. Kossitzky wirkte in der Folge allerdings überhaupt nicht daneben, ganz im Gegenteil. Er erzählte, man könne bei zwei Reiseveranstaltern Motorsegelschiffe samt Crew chartern, üblicherweise Kapitän, Reiseleiter, Koch und Matrose für zehn bis fünfzehn Passagiere, alles inklusive, Abrechnung pro Person. Der eine Veranstalter hatte nun ein Schiff in Reserve gehabt; dazu sei er verpflichtet, hatte es geheißen. Auf Kossitzkys Angebot, für das Schiff auf der Stelle jenen Betrag in bar hinzulegen, den normalerweise zehn Vollzahler brächten, hatte man den Geschäftsführer organisiert, und dieser hatte am Telefon der zusätzlichen Verlockung, den Matrosen einzusparen, da wir ja nur zu dritt waren, letztlich nicht widerstehen können.

»Das heißt: Packen«, sagte Kossitzky, »Badehose, Sonnenbrille, Lippenschutz, du weißt schon. Reisepaß nicht vergessen. Um Geld braucht ihr euch nicht zu kümmern. Schließlich dürfte man sowieso kaum Gelegenheit haben, es auszugeben.«

»Und wohin fliegen wir eigentlich, jetzt wo Zakynthos offenbar gestorben ist?«

»Nach Dalaman.«

»Aha, sehr interessant. Dort war ich schon mindestens fünfundzwanzigmal. Wo bitte ist Dalaman?«

»An der türkischen Mittelmeerküste. Unser Boot liegt im Hafen von Marmaris. Der Flughafen von Dalaman ist eine knappe Stunde Busfahrt entfernt.«

»Dalaman. Kein Schiffswrack. Keine Caretta caretta. Wie bringe ich das der Neuen bei?«

Kossitzky behauptete, der Geschäftsführer, mit dem er gesprochen habe, sei Türke und habe Stein und Bein darauf geschworen, daß es dort in der Nähe Schildkröten gebe. Irgendwelche Schildkröten gibt es fast überall. Ich blickte zu Vialli auf und verzichtete auf weitere Einwände. Schließlich war Kossitzky in einer schwierigen Verfassung.

»Ich habe übrigens das Zeug, das Sie wollten. In ausreichender Menge«, sagte ich.

»Wunderbar«, sagte er, »momentan scheinen die Dinge noch zu wirken, die sie im Spital in mich eingefüllt haben.«

Wir vereinbarten, uns am Samstag um halb zwei Uhr früh in der Abflughalle des Flughafens zu treffen. Ich verspürte einen Anflug jener Aufgeregtheit, die mich damals vor gut sechs Jahren ergriffen hatte, bevor ich in mein erstes Flugzeug überhaupt gestiegen war. Ich war mit meiner Mutter nach Paris geflogen, in erster Linie, um uns Eurodisney anzuschauen. Danach hatte ich begonnen, all diese Comic-Figuren in die Arbeitsplatte meines Schreibtisches zu gravieren.

Ich brachte das Handy ins Büro zurück und fragte nach der Neuen. »Ich denke, sie ist in ihrem Zimmer und ruht sich aus. Das ganze war in letzter Zeit ziemlich viel für sie, schätze ich«, sagte Helene. Ich solle sie nach Möglichkeit in Ruhe lassen. »Ihr Schildkrötenbuch hat mir gefallen«, sagte ich, »irgendwann möchte ich es mir ausborgen.«

Draußen auf dem Gang legte ich mein Ohr an die Zimmertür der Neuen. Nichts. Kein Summen, kein Schnarchen. Ich klopfte vorsichtig. Nichts. Etwas lauter. Immer noch nichts. Ich drückte den Türgriff nach unten. Es war offen. Sie lag bäuchlings auf dem Bett und schlief. Sie trug einen blaugrauen Slip mit kleinen weißen Blümchen. Ihre Jeans hatte sie neben dem Bett fallen gelassen. Das weiße T-Shirt war ihr ein wenig nach oben verrutscht, so daß man in dem Streifen Rücken, der freilag, die beiden Kreuzbeingrübchen sehen konnte und einen netten, rhombenförmigen Hautpolster zwischen ihnen. Ihr Haar wuchs wild in der Gegend rum, wie rotes Haar es eigentlich immer tut. Die Brille, die sie offenbar vergessen hatte abzunehmen, hing schief in ihrem Gesicht. Vor dem Kleiderschrank stand ein ziemlich zerkratzter schwarzer Hartschalenkoffer. Das Schildkrötenbuch entdeckte ich nirgends.

In dem Moment, in dem ich der Versuchung, sie mit der flachen Hand zu berühren, nicht mehr widerstehen konnte, sah ich die Fliege knapp oberhalb ihrer rechten Kniekehle. Ich erstarrte zwischen den drei Möglichkeiten: Kapitulation vor den älteren Rechten, Draufhauen auf das Biest und Laß dich nicht beirren und greif sie an! und bekam akut einen Lachanfall. Sie fuhr hoch, kauerte sich ans Kopfende des Bettes, schob ihre Brille zurecht und starrte mich erschrocken an. »Du summst ja gar nicht«, sagte ich. Manchmal ist es schwer, kein Arschloch zu sein. »Wo ist dein Schildkrötenbuch?« fragte ich. Sie deutete mit dem Kinn in Richtung Koffer.

»Borgst du es mir einmal?« – Keine Reaktion.

»Ich fliege demnächst mit meinem Freund fort«, sagte ich, »für eine Woche oder zwei. Ich habe ihm gesagt, du kommst mit.« Sie sah mich mit einem Mal ziemlich böse an, scharf über den Rand ihrer Brille hinweg. »Warum sollte ich mitkommen?« fragte sie.

»Wir suchen deine Schildkröte.«

Schlagartig trat Entspannung in ihr Gesicht. »Was brauche ich für die Reise?« fragte sie. »Das organisieren wir alles morgen. Schwimmreifen, Sonnencreme und so«, sagte ich.

»Und warum alles gleich morgen?«

»Ich schätze, mehr Zeit haben wir nicht«, sagte ich.

5

Ich hatte Ronald zwei Tabletten Somnubene ins Bier gegeben. Er war seit mehreren Stunden in einer ziemlich jenseitigen Verfassung. Kurz bevor er sich am Ende hingelegt hatte, hatte er noch wirr herumphantasiert, ob es in einer WG eine größere Katastrophe sei, wenn eine Klientin von einem Betreuer ein Kind bekomme oder eine Betreuerin von einem Klienten. Christoph hatte sich daraufhin einen Polster unters Hemd gesteckt und auf schwanger getan, war aber letztlich auch schlafen gegangen. Jasmin und Homer waren noch im Spital, Victoria war von ihrer Mutter zum Wochenendausgang abgeholt worden, Philipp hatte sich mit seinem Freund Jakob zu einer Kanutour auf die Steyr begeben, und Anna war so unsichtbar wie immer. In Summe war es so ruhig wie schon ewig nicht mehr.

Isabella war nicht in ihrem Zimmer, als ich sie wecken wollte. Ich suchte im Bad, auf dem Klo, in den Zimmern der anderen, nichts. Ich war einerseits dabei, mir vor

Augen zu führen, daß es manchmal einfach lebensnotwendig ist, in der allerletzten Sekunde abzuhauen, andererseits war ich reichlich sauer. Ich fand sie schließlich draußen vor der Eingangstür, im Stiegenhaus. Sie saß im Dunkeln auf ihrem schwarzen Hartschalenkoffer und summte. Sie hatte auf dem Koffer bestanden, obwohl er halbleer blieb und so ziemlich das sperrigste Gepäcksstück war, das man sich vorstellen konnte. Ich selbst hatte mir zu meiner Umhängetasche einen mittelgroßen Kipling-Seesack gekauft. Das Blau war etwas dunkler, doch im großen und ganzen paßte er ganz gut dazu. Außerdem hatte ich mir den Timberland Annapolis geleistet, den besten Bootsschuh, den es gibt. »Manche tragen ihn ohne Socken«, hatte die Verkäuferin gesagt. Ich hatte ihn gleich ohne Socken getragen, und inzwischen war er mir an die Füße gewachsen.

»Bist du nervös?« fragte ich, weil mir nichts Besseres einfiel. Sie fuhr in ihrem Summen fort und nickte. »Denk an die Schildkröte«, sagte ich. »Meinst du, sollen wir den anderen einen Zettel schreiben?« Sie zuckte mit den Schultern. Üblicherweise schreibe ich keine Zettel, wenn ich weggehe, doch diesmal hatte ich die Neue dabei, und überhaupt hatte ich das Gefühl, daß das etwas anderes war als sonst. Ich holte also ein Blatt Papier aus dem Büro und schrieb in Blockschrift: ›Liebe Betreuer und Kollegen, ich absolviere die pädagogische Sondermaßnahme gemeinsam mit Isabella auf Zakynthos. Onkel Josef paßt auf uns auf. Es könnte schließlich auch eine Klientin von einem Klienten ein Kind bekommen. An Ronald außerdem noch die Bitte um Entschuldigung für den guten Schlaf. Das Bier allein war mir zu unsicher. Es kann eine Woche dauern oder auch zwei. Vielleicht bringen wir eine Schildkröte mit. Liebe Grüße. Dominik.‹ Das mit der Blockschrift kam mir im nachhinein vertrottelt vor, ich änderte jedoch nichts mehr.

Wir kamen drei Minuten vor der vereinbarten Zeit zu dem italienischen Restaurant mit der schlafenden Seejungfrau auf dem Schild. Die Straßen waren noch naß von dem Gewitterregen, der am Abend niedergegangen war. Das Taxi stand schon dort. »Versuch im Auto möglichst leise zu summen«, sagte ich zu Isabella, bevor wir einstiegen. Der Fahrer war ein junger Ägypter oder Araber oder so in diese Richtung, der glücklicherweise kein Interesse daran hatte, mit uns zu tratschen. Er hörte irgendeine relativ eigenartige Musik mit viel Blechgescheppere. Als er fragte, ob es uns störe, sagte ich nein, im Gegenteil, und er drehte noch ein wenig lauter. Er fragte nicht einmal, wo wir hinflogen, was schon fast wieder enttäuschend war. Ich hätte gesagt, nach Zakynthos, allein schon, um auf Linie zu bleiben.

In der Abflughalle war insgesamt nicht allzuviel los. Kossitzky war leicht zu entdecken. Er saß neben einer riesigen grünen Mandarina-Duck-Reisetasche mit vier Rollen und Zugbügel. Er sah gleich schlecht aus wie im Spital, und ich fragte mich, ob er den dunkelblauen Pyjama mit den gelben und weißen Längsstreifen im Gepäck hatte. Er umarmte mich zur Begrüßung. Das war mir ein klein wenig peinlich, doch er umarmte auch Isabella, und ihr schien das nicht allzuviel auszumachen. »Kannst du mir gleich etwas geben?« fragte Kossitzky. An die Möglichkeit, daß er sofort was brauchen könnte, hatte ich nicht gedacht. Ich schüttelte den Kopf. »Tut mir leid«, sagte ich, »kann ich nicht. Ist momentan alles unter Sicherheitsverschluß in meinem Seesack. Nach der Landung wird es gehen.« – »Ich neige zu Nierenkoliken«, sagte Kossitzky erklärend zu Isabella, »in letzter Zeit ganz besonders.« Sie klappte ihren Koffer auf, kramte drin herum und zog eine Packung Dolomo hervor. »Die hat meine Mutter immer genommen, wenn sie ihre Kopfschmerzanfälle hatte«, sagte sie. Kossitzky nahm zwei Tabletten und bedankte sich. Ich hatte ihn selbst noch nie gefragt, wie man zugleich Justizwachebeamter und ein höflicher Mensch sein konnte.

Vor unserem Check-In-Schalter standen zwei mittellange Menschenschlangen. Es war objektiv frappierend, wieviele Leute sich mitten in der Nacht für ein Flugzeug anstellten, das irgendeine dubiose türkische Kleinstadt zum Ziel hatte. Es lief alles ruhig und gesittet ab, fast als wären alle ein wenig frustriert. Ich war kurz versucht, herumzufragen, wer denn ursprünglich sonst noch nach Zakynthos gewollt hätte, ließ es dann aber bleiben. Isabella bekam die Sache erst wirklich mit, als sie ihren Koffer auf das Band stellte. Sie blickte mich in dieser Wenn-Blitze-töten-könnten-Art an. »Dalaman? Türkei?« fragte sie. »Ja«, sagte ich, »Zakynthos war aus. Man hat uns versichert, daß es bei Dalaman noch mehr Schildkröten gibt als auf Zakynthos.«

»Alles Märchen. Es gibt diesen Eiablagestrand von Dalyan. Das steht im Buch. Kein Wort mehr.« Sie hatte das Buch offenbar auswendig gelernt. Ich betete zu Gott, daß

Dalyan auch geographisch etwas mit Dalaman zu tun hatte.

Wir saßen noch eine Weile in diesem riesigen Selbstbedienungscafe und tranken Cola-Zitron. Das heißt, Kossitzky trank Tee mit Rum plus Rum extra. Wir schauten unsere Reisepässe an und machten uns über die Paßfotos lustig. Dann erzählte ich, wie mein Vater während seiner Tätigkeit bei der Flughafenfeuerwehr aus einer zweimotorigen Cessna, die auf Grund eines verschmorten Kabels unmittelbar nach der Landung in Brand geraten sei, unter Einsatz seines Lebens alle vier Insassen gerettet habe. »Bei der Flughafenfeuerwehr hat dein Vater also auch gearbeitet?« fragte Kossitzky. »Ja, er war dort Kommandant eines Löschzuges«, sagte ich, »das war, bevor er bei der Stadtfeuerwehr die Abteilung Bergung brisanter Güter übernommen hat.« Die Neue schien nicht die Spur zuzuhören. »Wissen eigentlich deine Eltern, daß du jetzt hier bist?« fragte ich sie. »Nein«, sagte sie, »meine Mutter lebt nicht mehr, und mein Vater weiß gar nichts.« Das ist vielleicht auch nicht das beste, wenn ein Vater gar nichts weiß, dachte ich. Ich sagte aber nichts.

Im Flugzeug klappten sie von oben kleine Bildschirme aus, auf denen man die Reiseroute verfolgen konnte. Zwischendurch zeigten sie einige Mister-Bean-Episoden, unter anderem jene Folge, in der er sich auf einer Parkbank ein Sandwich zubereitet. Ringsherum wurde brüllend gelacht. Kossitzky trank seinen dritten Whiskey, wenn nicht schon den vierten. Ich dachte an Salami plus Fleischtomatenscheiben, an Blut, das aus Nasen und Kopfwunden und sonstwoher kam, an die Stahlrute meines Stiefvaters und an die Reisegepäckskontrollen in türkischen Flughäfen. Isabella schlief. Etwas von ihrem Haar quoll zu mir herüber. Es roch nach Shampoo, nicht jedoch nach ›Grüner Apfel‹.

Die Stewardessen hatten diese typische Mischung aus Schaufensterpuppe und Gouvernante drauf. Als die eine von ihnen bei Kossitzkys fünfter Whiskey-Bestellung besonders streng schaute, winkte er sie heran und flüsterte ihr etwas von ›Nierenkolik‹ und ›Schmerzmittel‹ zu. Sie schien zu fragen, ob sie sich nach einem Arzt erkundigen solle. Kossitzky schüttelte heftig den Kopf. Sie brachte ihm daraufhin den Whiskey und die Packung eines Medikamentes, das ich nicht kannte. Er warf drei Tabletten auf einmal ein. »Ich nehme nicht an, daß deine Mutter etwas davon weiß, daß du wegfliegst«, sagte er plötzlich zu mir. Mich wunderte das. Kossitzky hatte es noch nie gekümmert, was meine Mutter wußte und was nicht. »Nein«, sagte ich, »sie ist froh, wenn ich mir meine Urlaube selbst organisiere.« Ich blickte auf die Uhr. Es war kurz nach halb fünf. Meine Mutter hatte vermutlich vor kurzem Schluß gemacht und stand gerade unter der Dusche, um sich danach für drei Stunden ins Bett zu legen. Sie sagte, sie werde sich wohl nie an den gestückelten Schlaf gewöhnen, aber was bleibe ihr anderes übrig. Ich weiß nicht, ob sie tatsächlich keine Wahl hat. Über ihre Art des Geldverdienens habe ich mit meiner Mutter noch weniger gesprochen als über andere Dinge. Ab und zu schickt sie mir etwas, manchmal zweihundert Schilling, manchmal fünfhundert, manchmal dreitausend. Wenn sie mir dreitausend schickt, bin ich besonders froh und versuche mich erst gar nicht zu fragen, wovon die Höhe des Betrages abhängt. Ich hoffe, sie schickt meiner Schwester auch etwas.

Das Poster mit Gianluca Vialli hatte ich über dem Bett hängen lassen. Es war zu groß und hätte durch das Einpacken mit Sicherheit schwer gelitten. Glücklicherweise ist es so, daß Gott auch auf Distanz wirkt. So sagt man zumindest.

Draußen wurde es allmählich hell. Wenn ich an der schlafenden Isabella vorbeiblickte, sah ich die rötlichen Ränder feiner Wolken, darunter graubraunes Land mit schwarzen Löchern drin. »Die türkischen Binnenseen«, sagte Kossitzky, »manche von ihnen sind tot. Riesige Gewässer ohne eine Spur von Leben. Keine Fische, keine Algen, nichts.« Keine Schlangen, keine Schildkröten, dachte ich. Kossitzky lachte unvermittelt auf. »Das wäre eine interessante Variante«, sagte er. Ich verstand null. Er lachte wieder. »Ich meine eine neue Bestattungsform. Wenn man tot ist, wird man auf ein Holzfloß gelegt und hinausgeschleppt zur Mitte eines dieser Seen. Aus. Sobald die Beobachter weg sind, saugt einen der See in sich ein.«

Eine Küstenlinie kam in Sicht. Häuser, grüne Rechtecke. Die ersten Schiffe. Ich stieß Isabella an. Sie dehnte ihren Nacken und schob sich die Brille zurecht. »Schau, das Meer«, sagte ich.

Auf der oberen Plattform der Ausstiegstreppe umfingen einen Licht, das aus dem Paradies, und Luft, die direkt aus dem Fernwärmewerk zu kommen schien. Am Rand der Rollbahn standen mehrere Reihen verstaubter Palmen. Das Flughafengebäude war winzig. Trotzdem gab es drinnen ein mächtiges Chaos, da kaum jemand gewußt hatte, daß man den Einreisestempel erst bekam, wenn man hundertfünfzig Schilling Einreisegebühr bezahlt hatte. Haufenweise standen Uniformierte herum. Sie schienen sich daran zu erfreuen, daß sich die Leute in den falschen Schlangen anstellten. Das war es allerdings nicht, was mich beunruhigte.

Nachdem wir bei der Paßkontrolle durch waren, mit Computercheck und strengem Blick und allem Drum und Dran, stellten wir uns vor das einzige Gepäcksförderband, das da wie die Haarnadelkurve einer eigenartigen Straße in die Halle ragte. Mein Seesack kam bereits als elftes Stück. Es stürzten sich keine Soldaten auf mich, als ich ihn vom Band nahm. Der rote Klebestreifen, mit dem ich zusätzlich den Verschlußriemen fixiert hatte, war auch noch drauf. Versiegelung intakt, sozusagen. Das hieß, sie hatten nicht hineingeschaut, und ich wurde jetzt weder peinlich befragt noch verhaftet. »Warum bist du so nervös?« fragte Kossitzky. »War ich«, sagte ich, »war ich. Bin ich nicht mehr. Zumindest nicht mehr so arg.« Ich erzählte ihnen, wie ich mir beinahe unter Gewissensbissen Jasmins großgeblümten aufblasbaren Schwimmpolster ausgeborgt hatte. Mit dem Stanley-Messer aus der WG-Werkzeugkiste hatte ich ihn am Rand auf einer Länge von vielleicht zehn Zentimetern vorsichtig geöffnet. Danach hatte ich das gesamte Injektionszeug samt Vendal und Heptadon in dem Polster verstaut und ihn mit Superkleber wieder zugepickt. Die Tabletten und die Briefchen mit der Königschen Spezialmischung hatte ich in mehreren Gefrierbeuteln dicht verschlossen, die Säckchen allesamt in eine fast leere Sonnenmilchflasche gestopft. Die Anaconda hatte ich in einige Lagen Alufolie gewickelt und in einem ein wenig ausgehöhlten Nußbrotlaib versteckt. Dann war ich ins Haushaltswarengeschäft gegangen, um eine Proviantdose aus Aluminium zu besorgen, in die das Brot hineinpaßte, und hatte gehofft, daß meine Vorstellungen von der Strahlendurchlässigkeit verschiedener Metalle irgend etwas mit der Realität zu tun hätten. Vom Revolver erzählte ich den beiden vorerst nichts. So oder so, ich hatte meinen Seesack wieder, Kossitzky hatte seine Tasche, nur Isabella wartete. Ihr Koffer kam, als andere Gepäcksstücke längst die dritte Ehrenrunde vollendet hatten. »Hast du etwas Verdächtiges in deinem Koffer?« fragte ich im Scherz. Sie dachte mit krausgezogener Stirn nach. »Nein«, sagte sie, »nichts Verdächtiges. Meine Kleider, die Badesachen, das Schildkrötenbuch, die Baseballkeule.« Mich überfiel ein leichter Schwindelanfall, Ohrensausen, alles drehte sich. »Die was?!?« fragte ich nach.

»Die Kleider, die Badesachen, das Buch, die Baseballkeule.« Die Baseballkeule. Es gibt vermutlich auch Leute, die von einer Handgranate reden, als wäre sie ein Eierschneider.

»Die Baseballkeule. Sehr interessant. Welche Baseballkeule?«

»Die hübsche Baseballkeule, mit der Christoph Homer Simpsons Schädel blutig geschlagen hat.«

»Du meinst also meine Baseballkeule?«

»Christoph sagt, es ist deine. Die mit den blauen Sternen drauf.«

»Wie kommst du zu meiner Baseballkeule?«

»Ich habe sie aus dem Schrank im Büro genommen, in den Chuck sie gestellt hat.« Summt Lieder wie eine Art Heilige Jungfrau und geht einfach an den Büroschrank, dachte ich.

»Und wieso hast du sie mitgenommen?«

»Sie gefällt mir.« Sollte sie. Die Sterne hatten auch jede Menge Arbeit gemacht. Ich warf einen Blick auf den Koffer, versuchte die Länge der Diagonale abzuschätzen und bekam einen nächsten Schwindelanfall plus heftige Halluzinationen: Alle Hand- und Motorsägen dieser Welt vor meinem inneren Aug und Ohr. Summend wählt sie eine aus und macht ritze ratze voller Tücke. »Du brauchst keine Panik zu bekommen«, sagte Isabella, »die Keule paßt hinein, ich habe sie nicht abschneiden müssen.« Frechheit plus übersinnliche Fähigkeiten. Vielleicht verbog sie auch Löffel mit der Kraft ihrer Gedanken.

Auf dem Vorplatz des Flughafengebäudes gab es dann tatsächlich diese Menschen, die Tafeln vor der Brust oder über dem Kopf hielten, auf denen ›Club Calypso‹ stand oder ›Hotel Camel Beach‹ oder ›Reisegruppe Tappert‹ oder ›Kossitzky‹. In der Reisegruppe Tappert suchte ich vergebens nach dem allwissenden Dackelkommissar mit Goldrandbrille. Trotzdem dachte ich zufrieden an den Revolver, die Baseballkeule in Isabellas Koffer und an das große Victorinox-Klappmesser, das irgendwo am Grunde meines Seesacks lag. Pazifismus hin oder her, – manchmal ging nichts über eine ordentliche Bewaffnung. Der junge Mann hinter dem ›Kossitzky‹-Täfelchen sah nach Fitneßstudio aus und war, um wirklich attraktiv zu sein, einein-halb Köpfe zu kurz, das heißt, er war deutlich kleiner als ich und hatte vom Alter her nicht mehr die geringste Chance zu wachsen. Er stellte sich als Cherim vor, wir könnten ihn aber ohne weiteres Kermit nennen, Kermit, wie der Frosch aus den Muppets, er wisse zwar nicht mehr, wie es ursprünglich gekommen sei, aber er werde seit jeher von den meisten Leuten Kermit genannt. Er sei in der Türkei geboren, ganz in der Nähe, in einem kleinen Dorf bei Marmaris, lebe aber seit gut zehn Jahren in Deutschland, in Karlsruhe. Nein, wir dürften uns nicht wundern, er sehe zwar aus wie siebzehn oder höchstens neunzehn, sein, aber in Wahrheit schon vierundzwanzig, und auch sein gutes Deutsch sei uns wohl jetzt erklärlich. Seine Großmutter lebe noch in Marmaris, und wenn er den Sommer über hier arbeite, dürfe er auch bei ihr wohnen. Er habe die beste Großmutter der Welt, sie mache nach wie vor alles selbst, obwohl sie jetzt auch schon zweiundachtzig sei, koche immer noch den besten Lammbraten und so weiter und so fort. Cherim war unser Reiseleiter. Er redete ununterbrochen, auch auf der Fahrt vom Flughafen nach Marmaris. Ich achtete abwechselnd auf Isabella und Kossitzky. Keiner der beiden schien sich sonderlich für ihn zu interessieren. Kossitzky wirkte überhaupt etwas abwesend. Ich fragte mich, wie arg seine Schmerzen waren. Vielleicht war er aber auch nur betrunken von dem vielen Whiskey im Flugzeug. Die Klimatisierung in dem Bus war schlecht eingestellt. Man fror und schwitzte abwechselnd, jeweils ungefähr in Zehn-Minuten-Abständen. Isabella summte gelegentlich. An der Peripherie von Marmaris machte sie mich darauf aufmerksam, wie viele Geschäfte mit Sanitärkeramik es an der Einfahrtsstraße gab. Kloschüsseln, soweit das Auge reichte. Sie fragte Cherim, was das zu bedeuten habe. Er wußte auch keine Antwort.

An dem großen Tisch am Heck des Schiffes saßen zwei Männer und rauchten. Der eine war mittelgroß, hager und hatte ganz feine Hände. Mehmet, der Kapitän. Cherim tat ihm gegenüber irgendwie ehrfürchtig. Der zweite war riesig. Anscheinend war alles an ihm überdimensional, sogar die Fingernägel und die Locken auf seinem Kopf. Hakan, der Koch. Er hatte lustige Augen. Das Schiff hieß Gökova Queen. »Der Kapitän kommt aus Gökova«, erklärte Cherim. Sie zeigten uns die Kabinen. Sie hatten alle ein Klo mit Handpumpenspülung, die in der richtigen Position stehen mußte, sonst saugte sie Jauche aus dem Fäkalbehälter. Das sei das Komplizierteste, mit dem wir es an Bord zu tun kriegen würden. Die Schuhe mußten wir in einem Weidenkorb an der Reling ablegen. »Keine Schuhe an Bord, ohne Ausnahme«, sagte Cherim, »da ist der Kapitän streng.« Meine Timberland Annapolis hatte ich also für den Weidenkorb gekauft. Eintausendsiebenhundertneunzig. Auf strenge Kapitäne scheiße ich. Kossitzky war kaum imstande, seine Schuhbänder zu öffnen, so schüttelte es ihn. »Ich habe Nierensteine mit Entzündung und muß starke Medikamente einnehmen«, erklärte er Cherim, »sag das auch den anderen.« Ich verstand. Cherim begann von dem Lungeninfarkt zu erzählen, an dem seine Mutter im Vorjahr beinahe gestorben wäre, und von den Gallensteinen seiner Großmutter, deretwegen sie beim Kochen auf allzuviel Fett verzichte. Ich ging in meine Kabine.

Ich kramte die Sonnenmilchflasche aus meinem Seesack, nahm das Stück Elektrikerdraht, das ich drumherumgebogen hatte, ab und formte daraus einen Haken. Ich zog damit ein Plastiksäckchen nach dem anderen heraus. Ich wischte die Säckchen mit einem Handtuch ab, riß sie auf und legte den Inhalt aufs Bett. Danach schlitzte ich Jasmins Schwimmpolster mit meinem Klappmesser auf, schwor, ihr bei Gelegenheit einen neuen zu kaufen, und sortierte auch das Intravenöszeug auf das Bett hin. Den Revolver ließ ich im Brot. Ich brachte Kossitzky die verbliebenen sieben Tabletten Somnubene und die zehn Briefchen mit Heinz Königs hauseigener Spezialmischung. Den Rest räumte ich wieder weg. »König behauptet, es ist das Wirksamste überhaupt, das es zum Schlucken gibt«, sagte ich zu Kossitzky. Er machte den Eindruck, als könne er das Wirksamste überhaupt ganz gut gebrauchen.

Zum Frühstück gab es unter anderem Schafskäse, Gurken, Tomaten und Oliven. Abgesehen von den Tomaten, zu denen ich sowieso eine genetisch fixierte und daher unkorrigierbare Beziehung habe, fand ich auch den Rest auf den ersten Blick etwas abartig. Ich hielt mich an Weißbrot und Butter. Kossitzky mischte auf seinem Teller mit einer Gabel Schafskäse und Honig ab. Das hieß, er aß zwar absurdes Zeug, doch er aß. Isabella verweigerte. Sie sagte, sie bringe keinen Bissen hinunter, wenn sie nicht genug geschlafen habe, außerdem interessiere sie nur eines, nämlich wo dieser Schildkrötenstrand sei. »Schildkrötenstrand?« fragte Cherim maximal ratlos. »Ja«, sagte Isabella, »Schildkrötenstrand. Turtle Beach. Dalyan.« Der Kapitän sagte irgendwas auf türkisch, der Koch fuchtelte mit den Armen in der Gegend rum, und Cherim schlug sich an die Stirn, so als habe er ohnehin alles gewußt und die Frage nur nicht richtig verstanden. »Dalyan«, rief er, »natürlich, das Schilfdelta, Kaunos, die antiken Grabstätten, und Turtle Beach, wo die Muttertiere scharenweise kommen und die Eier in den Sand legen.« Sie weinen, dachte ich, sie hat gesagt, die Schildkröten weinen. »Wo ist dieser Strand?« fragte Isabella. »Gar nicht weit weg«, antwortete Cherim, »sozusagen zweimal ums Eck. Der Kapitän hat gemeint, wir können morgen hinfahren, wenn ihr das wollt.«

Kossitzky und Cherim vereinbarten, so bald wie möglich mit dem Kapitän die Route festzulegen. Der Kapitän und der Koch waren mit der Organisation von Treibstoff und Frischwasser beschäftigt. Außerdem eierte angeblich das Hauptlager der Ankerwinde. Dafür hatte man noch einen Mechaniker bestellt. Isabella und ich gingen aufs Vorderdeck. Dort lagen unter einem großen blauen Sonnendach in zwei Reihen zu je fünf insgesamt zehn hellblau-weiß gestreifte Deckmatratzen. »Hast du was dagegen, wenn ich mich neben dich lege?« fragte ich Isabella. »Ja«, sagte sie. Ich ließ eine Matratze zwischen uns frei. Sie hatte das Schildkrötenbuch bei sich und wollte es offensichtlich nicht teilen. Ich hatte mein Calvin & Hobbes-Album unter Deck im Seesack vergessen, war aber zu faul, um es mir zu holen. Auf dem Schiff rechts von uns traf eine größere Urlaubergruppe ein. Eine weißblonde Frau in einem Strandkleid aus gelbem Kreppstoff hängte ihre enormen Bälle über die Reling. »Stell dir vor, diese Frau wäre eine Schildkröte«, sagte ich, »welche Art wäre sie dann.«

»Wasser- oder Landschildkröte?«

»Wasser.«

»Dann wäre sie eine Lederschildkröte, ohne Zweifel.«

»Warum eine Lederschildkröte?«

»Weil sie die größte ist, die größte unter den Wasserschildkröten.« Die Arme dort drüben wußte nichts von ihrem Schicksal.

»Wie merkt man eigentlich unter Wasser, daß eine Schildkröte weint?« fragte ich Isabella.

»Bei der Lederschildkröte da drüben?«

»Nein, bei deiner Caretta caretta. Du hast doch gesagt, sie weint.«

»Gar nicht. Wie sollte man es unter Wasser auch merken?« Sie fühlte sich gestört und nahm meine Frage nicht ernst.

»Sie könnte ja zum Beispiel traurig schauen.«

»Trottel!« sagte sie. Ich nahm es ohne Widerspruch hin und schlief ein.

Ich bin gemeinsam mit Chuck und Philipp auf einem Floß. Wir befahren einen breiten Fluß. Philipp hält eine Angel ins Wasser. Chuck fotografiert das Ufer des Flusses, ein Bild nach dem anderen. Er hat tonnenweise Filme dabei. Er sagt, er will den einzigen Graureiher, den es hier gibt, aufs Bild kriegen und hat Angst, daß er ihn versäumt. Plötzlich ist meine Mutter mit auf dem Floß. Sie hat fast nichts an. Chuck fotografiert sie und behauptet, sie ist der Graureiher. Ich sage, sie ist meine Mutter, und Chuck soll das gefälligst lassen. Er lacht, und die beiden beginnen miteinander herumzutun. Ich spreche so was wie eine letzte Warnung aus. Chuck lacht wieder und fotografiert jetzt mich. Ich bitte Philipp um die Formel. Philipp sagt etwas, das klingt wie aus dem Physikunterricht. Zugleich streicht er mit der flachen Hand leicht über sein Feuermal. Chuck erstarrt, wird am ganzen Körper flammend rot, bläht sich in wenigen Sekunden zu enormer Größe auf und fällt dann als fahle Haut in sich zusammen. Der Fluß ist zu einem See geworden, in dessen Mitte sich ein mächtiger Strudel dreht. Die Angel biegt sich. Philipp lacht. Er sagt, es ist noch nicht an der Zeit, den Fisch herauszuziehen. Meine Mutter ist verschwunden. Wir fahren in einer weiten Spirale auf den Strudel zu.

Ich erwachte vom Schellen einer Glocke. Zugleich rüttelte mich Isabella sanft an der Schulter. »Essen«, sagte sie, »es gibt Mittagessen.« Ich richtete mich auf. Wind strich mir übers Gesicht, zwar Marke Fernwärmewerk, aber Wind. Wir waren unterwegs. Wir fuhren relativ knapp die Küste entlang. In einiger Entfernung begleiteten uns zwei andere Schiffe. Ähnliches Format wie wir. Wir hantelten uns seitlich zwischen Reling und dem Aufbau von Brücke und Kabinen nach hinten zum Eßplatz. Es gab ein Mischmasch aus Kartoffeln, Jungerbsen und Lammfleisch, dazu Salat mit haufenweise frischer großblättriger Petersilie. Petersilie okay. Tomaten weg, weg weg weg! Der Kapitän lachte. »You hate tomatoes?« sagte er. Very intelligent captain. Das sagte ich aber nicht. Ich sagte: »Yes, I hate tomatoes. I am very sorry, but I have hated them from the beginning of my life.« – »Does not matter«, sagte der Kapitän. »Oh, you speak English«, sagte Kossitzky und grinste. »You can frotzel jemand anderen«, sagte ich. Kossitzky wußte, wie es mir in den vergangenen beiden Schuljahren ergangen war, unter anderem in Englisch. ›Breit gestreutes Hamlet-Syndrom‹ hatte Kossitzky den Zustand genannt, und ich hatte es am Ende gar nicht mehr lustig gefunden. Sein oder Nichtsein in drei Fächern oder in fünf oder in acht. Besser war es erst im allerletzten Semester geworden. Das war freilich eine andere Geschichte.

Kossitzky war völlig verändert. Er sprach wieder, er nahm eine zweite Portion Essen, er trank Bier, er griff einem im Überschwang an den Oberarm wie früher. Sogar die Haare schienen ihm wieder lebendig vom Hinterkopf abzustehen. Auf Babyface König war sichtlich Verlaß: Zehntelsekunden-Dankgebet, und meiner Schwester soll es gutgehen. »Wir haben ein unglaubliches Programm für die kommenden Tage zusammengestellt«, sagte Kossitzky, »morgen Schilf, lykische Felsgräber und Turtle Beach, übermorgen Schluchtdurchschreitung und Nachtfahrt, am Tag darauf das Amphitheater von Myra.« Ich konnte mich erinnern, daß er gesagt hatte, er wolle sich nur noch einmal eine Woche lang die Sonne aufs Fell scheinen lassen. Von Schluchtdurchschreitungen und antiken Trümmern hatte er nichts gesagt. Ich schaute hilfesuchend zu Cherim, doch der war genauso euphorisch wie Kossitzky. In jedem seiner Sätze kam zumindest zweimal das Wort ›traumhaft‹ vor. Zusätzlich entpuppte er sich plötzlich als absoluter Archäologie-Freak. Ich überlegte, wie ich am besten zu einer Blase am Fuß oder zu einem glaubwürdigen Sonnenbrand kam.

Ich ging nach unten, zog meine schwarzen Henry-Badeshorts mit den weißen Seitenstreifen an, nahm das 16. Calvin & Hobbes-Album aus dem Seesack, setzte die Oakleys auf und flog die Treppe hinauf, weil man mit Sonnenbrillen im Finstern nichts sieht. Der Koch lachte. Trottel.

Isabella war für Calvin & Hobbes nur sehr eingeschränkt empfänglich. Die Episode, in der die beiden Calvins Schulkollegin Susi mit einer List in den Wandschrank locken und einsperren, fand sie überhaupt nur gemein. Die Geschichte, in der Calvin sie mit dem Vertretungslehrer erschreckt, der angeblich kleine Kinder umbringt und zu Hackbraten verarbeitet, zeigte ich ihr erst gar nicht. »Darf ich dieses eine Schildkrötenbild in deinem Buch noch einmal sehen?« bat ich. »In diesem Buch gibt es hundert Schildkrötenbilder«, sagte sie, »oder vielleicht sogar zweihundert.« Sie wußte genau, was ich meinte. »Die Doppelseite nach dem Schiffswrack von Zakynthos«, sagte ich. Sie war gnädig und blätterte. Caretta caretta flog vorüber. »Morgen könnte es soweit sein«, sagte sie. »Ja, vielleicht morgen«, sagte ich.

Wir fuhren in eine weite halbrunde Bucht ein, hinter der sich ein baumbestandener Hügel mit einer langen rotbraunen Brandschneise erhob. Das mit der Brandschneise, mit den Spontanentzündungen im Unterholz und den gefährlichen Augustwinden erklärte uns Cherim. »Kadirga Bay!« brüllte er, als ob das einem von uns irgendwas gesagt hätte. Der Kapitän gab das Zeichen zum Ankern. Der Koch löste vorne am Bug die Feststellschraube der Ankerkette, und das Ding sauste unter mordsmäßigem Getöse in die Tiefe. Der Kapitän manövrierte das Schiff Heck voran möglichst nahe ans Ufer. Cherim legte sein wunderbares weißes Polo-Shirt, Logo des Reiseveranstalters vorne drauf, ab und köpfelte ins Wasser. Der Koch warf ihm eine Leine zu. Cherim schwamm an Land, schlang die Leine um eine mittelstarke Kiefer und knüpfte sie fest. »Tamariske«, sagte Isabella. »Wie bitte?« fragte ich. »Es ist eine Tamariske, keine Kiefer«, sagte sie. Sie erzählte, sie sei mit ihren Eltern einige Male auf Samos gewesen. Samos sei über und über bewachsen von Tamarisken. »Unter den Tamarisken gibt es massenhaft Schlangen«, sagte sie, »manchmal klettern sie sogar in die Baumkronen hinauf.« In jenem Club in Tunesien, in dem wir zwei Jahre zuvor den letzten Familienurlaub verbrachten, hatte es weder Schlangen noch Tamarisken gegeben. Einmal war ein Gast von einem Skorpion in die Wange gestochen worden. Man hatte daraufhin mit allen möglichen Vergiftungszentralen telefoniert, und am Ende hatte es geheißen, nördlich von Äthiopien seien alle Skorpione ungefährlich. Der Geschäftsführer des Clubs hatte beim Abendessen vor allen hunderttausend Gästen eine Landkarte entrollt und demonstriert, daß Tunesien zur Gänze bei weitem nördlicher als Äthiopien lag. Und überhaupt seien von den Bediensteten die Gartenanlagen und auch alle Zimmer noch einmal gründlich durchsucht worden. Ich war vermutlich der einzige dort, der gerne einen tödlichen Skorpion zur Hand gehabt hätte. Wenn ich mich nicht planmäßig verhielt, hatte ich Zimmertermine. Zum Beispiel war es nicht vorgesehen, daß ich im Freien auf dem Bauch lag, da die Leute so die beiden frischen, blauroten Narbenwülste auf den Rückseiten meiner Oberschenkel sehen konnten. Die Stahlrute hatte er im Gepäck. Daß sie meinen Stiefvater abholten, unmittelbar nachdem wir aus dem Urlaub zurückkamen, hatte damit jedoch nichts zu tun.

Ich sprang ins Wasser, schwamm einige Runden und holte dann die Flossen, den Schnorchel und die Tauchermaske, die ich mir am Samstag noch gekauft hatte. Der Gummi der Maske war transparent, die Glaseinfassung hellblau. Sie war die zweitteuerste gewesen, die sie in dem Sportgeschäft in der äußeren Mariahilferstraße gehabt hatten. Die Felsen fielen am Rand ziemlich steil ab, so daß man gut entlangschnorcheln konnte. Auf einer Tiefe von sieben oder zehn Metern folgte Sand: flach, größere Bereiche, die von Seegras bestanden waren, leere Flaschen, Bierdosen, ein Stück Ankerkette, aber den Schrott blendet man nach einiger Zeit aus. Plötzlich schwamm Kossitzky neben mir. Er sah im Schnorchelzeug überraschend professionell aus. Er machte mich erst auf einen Schwarm langer, dünner Fische aufmerksam, die im Verband immer wieder abrupt ihre Richtung änderten, dann auf eine riesige Steckmuschel unter uns. Als ich abtauchen wollte, hielt er mich zurück. Er zeigte auf seine Hände. Später stellten wir uns in Ufernähe auf einen Felsblock und nahmen die Masken ab. »Sei vorsichtig bei den Steckmuscheln«, sagte Kossitzky, »ihre Schale ist manchmal sehr scharf. Man zerschneidet sich unweigerlich die Hände, wenn man das nicht weiß.« – »Woher wissen Sie es eigentlich?« fragte ich. Er lächelte. »Ich bin alt«, sagte er, »und ich bin in meiner Jugend viel getaucht. Rotes Meer, Kenia, und so fort. Meine Frau und meine Söhne haben sich dann nicht wirklich fürs Wasser interessiert. Daher ist das viel weniger geworden. Der Kollege, mit dem ich noch auf Madagaskar war, ist vor sechs Jahren verunglückt.«
»Beim Tauchen?«

»Nein, er ist beim Montieren einer Dachrinne an seinem Wochenendhaus runtergefallen und sitzt seither im Rollstuhl.«

Kossitzky hatte bisher weder von Freunden noch von seiner Frau gesprochen. Ich wußte nur, daß er seit Jahren von ihr getrennt lebte, nicht einmal, ob sie geschieden waren oder nicht. Über die Söhne beklagte er sich gelegentlich, nicht nur darüber, daß sie Polizisten geworden waren. Am ehesten hatte er noch von seinen ›Kunden‹ erzählt. So nannte er die Häftlinge, für die er zuständig war.

Irgendwo ganz nahe begann eine Zikade laut zu zirpen. Kossitzky lachte. Dann machte er einen Schritt auf mich zu und umarmte mich. »Tun wir so, als hätte sich nichts verändert«, sagte er. Ich blickte schräg zum Schiff hinüber. »Mach dir keine Gedanken«, sagte er, »sie glauben, ich bin dein Onkel.« Ein Psychopath macht sich sowieso keine Gedanken, dachte ich. Ich legte meine Arme um seine speckigen Seiten. Die Tauchermaske samt Schnorchel, die ich in der Hand hielt, lag vermutlich genau über dem Nierenkrebs. »Irgendwann werden wir wieder hier stehen«, sagte Kossitzky, »wir beide, geradeso wie jetzt, eng umschlungen und bis zum Bauch im Wasser, und dann werden wir sagen: Genau wie damals.« Auf seinem Rücken wucherten wild die Haare, das wußte ich, und sein linkes Schulterblatt stand eine Spur tiefer als das rechte. Die Zikade zirpte nach wie vor allein. Das schien ihr jedoch nichts zu machen.

Später lagen wir auf dem Vorderdeck, tranken Schweppes-Tonic direkt vom Eis und ließen uns von Isabella

Nachhilfeunterricht in Sachen Schildkröten geben. Unter anderem las sie uns vor, daß Caretta caretta in Amerika ›Loggerhead‹ genannt wird, was soviel heißt wie Dickschädel, und natürlich mußte Kossitzky wieder eine blöde Bemerkung über die unstoppbare Ausweitung meines Englischwortschatzes machen. Am enormsten fand ich, daß dieses Tier länger als ein Meter und schwerer als hundertfünfzig Kilo werden kann. Ich stellte mir vor, wie es wäre, wenn so ein geflügelter Torpedo direkt auf einen zukäme. »Sie sind scheu und friedlich«, sagte Isabella, »sie ernähren sich von Kleinlebewesen und tun niemandem etwas zuleide.« – »Wissen sie auch, daß ich zum Beispiel kein Kleinlebewesen bin?« fragte ich, »Schnappschildkröten beißen irrtümlich Finger oder die Unterarme von Kleinkindern ab.« – »Du bist wirklich unmöglich!« sagte sie. Wenn sie sich aufregte, war sie so richtig hübsch. Anders als Jasmin: Wenn Jasmin sich aufregte, war sie erstens meistens vollgefüllt bis zur Halskrause und bekam zweitens einen schmallippigen häßlichen Hexenmund. »Soll ich dir noch ein Tonic bringen?« fragte ich. »Nein!« rief sie und drehte sich weg.

»Du warst noch nicht im Wasser.«

»Was geht dich das an?«

»Mit der Zeit fängt man an zu stinken.«

Sie sagte nichts und begann leise zu summen. »Was summst du da eigentlich immer?« fragte ich. Ich bekam keine Antwort. Ich schaute Kossitzky an. Er zuckte mit den Schultern und erhob sich. »Ich schaue, ob ich jemanden finde, der mit mir Tavla spielt«, sagte er.

»Der was mit Ihnen spielt?«

»Tavla.«

Jetzt zuckte ich mit den Schultern.

»Freust du dich auf morgen?« fragte ich Isabella. Keine Reaktion. »Ich meine, auf Dalyan, auf den Schildkrötenstrand?« Summen. Keine Reaktion. »Darf ich meine Hand auf deinen Rücken legen?« Sie sprang auf, packte ihr Buch und lief davon. »Du kannst mir meinen Discman aus der Kabine mitnehmen!« rief ich hinter ihr her. Manchmal war es frustrierend, wenn da keiner war, der einem den Mittelfinger zeigte.

Nach einer Weile kroch ich hoch und ging nach hinten. Kossitzky spielte gegen den Kapitän Tavla. Die anderen schauten zu, einschließlich Isabella. Tavla war Backgammon. Wieder was gelernt.

Ich fütterte den Discman mit neuen Batterien und schnappte die einzige CD, die ich mitgenommen hatte. Swordfishtrombones von Tom Waits. Ich hatte sie zu Weihnachten von Kurt geschenkt bekommen. Das hatte mich überrascht. »Nimm sie dir bei Gelegenheit in den Urlaub mit«, hatte er gesagt, »du wirst hängenbleiben und nichts anderes mehr brauchen. Hüte dich nur vor der Nummer sieben. Die ist der pure Kitsch.« Ich hatte mir die Platte noch nie angehört. Das hatte vielleicht mit Kurt zu tun, zu dessen distanzierter Arroganz ich nun wirklich nicht die engste Beziehung hatte, oder vielleicht einfach mit der Tatsache, daß das Cover ziemlich grindig aussah. Handkolorierte Schwarzweiß-Fotografie. Vorwiegend Gelb und Rosa. Auch von Island Records hatte ich noch nie gehört. Wahrscheinlich eine dieser tausend Produktionsfirmen, die sich selbst als klein, aber fein bezeichneten. Ich warf mich auf die Matratze und blickte über das Wasser, das jetzt aussah wie geriffeltes Fensterglas, zum Ufer hin. In die Tamarisken legte sich die Abendsonne. Das dürre Distelgestrüpp, das den Boden bedeckte, war plastisch zu sehen. Die Zikaden schwiegen, und man konnte sich vorstellen, wie sich die Schlangen auf den Ästen räkelten. Ich stopfte mir die Knöpfe in die Ohren und startete die Musik.

Am Anfang war es eine harte Angelegenheit. Die Stimme gröbstes Schmirgelpapier auf einem Garagentor aus Blech. Eine Instrumentierung wie von einem Trappistenmönch. Die Texte erstens erbarmungslos genuschelt, zweitens englisch. Von Nummer sechs merkte ich mir eine Zeile, die zweimal vorkam: all you can be is thirsty in a town with no cheer. Das verstand ich. Außerdem spielte ein Dudelsack mit. Das klang nett. Manchmal liegt ganz nah bei nett etwas, für das man nicht gleich die passenden Vokabeln findet.

Nach dem ersten Hören von In the Neighborhood ahnte ich jedenfalls, daß mir in den nächsten Tagen Amphitheater und lykische Felsengräber nichts anhaben konnten, daß ich auch durch Schluchten wandern und irgendwann einmal sogar eine Steckmuschel aus dem Grund reißen würde. Ich drückte auf ›repeat song‹ und horchte mir die Sache noch fünf- oder sieben- oder zehnmal an. Kurts intellektueller Begriff von Kitsch war ein überheblicher Scheiß, das stand spätestens jetzt fest. Seine Doc-Martens- und Cord-Blouson-Masche würde ich ihm nicht mehr abnehmen. Die Nummer war in einem langsamen Dreivierteltakt geschrieben, hmtata hmtata, wie ein hölzerner Englischwalzer, aber wer sagte, daß gute Musik nicht in einem langsamen Dreivierteltakt stehen durfte? Well the eggs chase the bacon/ round the fryin' pan, – so begann die Geschichte, und ich verstand weiß Gott mehr, als daß die Eier den Speck durch die Pfanne jagen. Das hatte mit der Traurigkeit dieser Musik zu tun. And dogs tipped the garbage pails/ over last night ... In the neighborhood/ In the neighborhood/ In the neighborhood.

Isabella murmelte vor sich hin, als sie sich wiederum auf ihre Matratze hinlegte. Ich entstöpselte mein rechtes Ohr. »Was hast du gesagt?« fragte ich. »Du summst auch, habe ich gesagt«, brummte sie. »Ich summe mit«, sagte ich und wies auf den Discman. »Ich summe auch mit«, sagte sie und wandte sich ab.

Die restlichen Nummern waren besser als der Anfang, vor allem Down, Down, Down und Frank's wild Years. Beide hörte ich mir ein zweites Mal an, doch wo ich hängenbleiben würde, das war klar. Komischerweise dachte ich an Christoph, dessen Eltern jahrelang versucht hatten, die Intelligenz in ihn hineinzuprügeln, während sie selbst die Marillenbrandflaschen leersoffen, die sie reihenweise unterm Ladentisch ihres Marktstandes stehen hatten. Und ich dachte an Victoria, die jeden zweiten Tag von der Schule wegrannte, um mit irgendwelchen fremden Leuten mit nach Hause zu gehen. An manchen Tagen heulte sie in ihrem Zimmer stundenlang die Wände an, und dann saß sie wieder halbnackt vor dem Fernseher, winkte jedes männliche Wesen zu sich heran und sagte Fick mich.

Eine scharfe Schattenlinie wanderte in die Bucht. Der Wind hatte sich völlig gelegt, und das Wasser wurde schwarz. Ich überlegte kurz, wie man sich hier wohl für die Nacht ausrüstete, und war froh, meinen dunkelgrünen Nike-Sweater mit den kleinen beigen Fußabdrücken an den Rändern doch eingepackt zu haben.

Zum Nachtmahl gab's Gemüse mit diesem türkischen Sesamweißbrot. Wir tranken alle Wein, auch Isabella. Der Kapitän erzählte von seiner Vergangenheit als Steuermann auf einem NATO-Frachter, vor allem über eine Fahrt von Vancouver nach Liverpool. Cherim übersetzte. Es war der November vor zwölf Jahren gewesen, sie hatten Panzerabwehrkanonen und einige Container mit Boden-Boden-Raketen geladen und sollten das Schiff nach der Entladung vor Ort generalüberholen lassen. Sie waren eben in die Beringstraße eingefahren, als sie von einer sowjetischen Fregatte angehalten wurden. Die Russen behaupteten, sie hätten sowjetische Hoheitsgewässer befahren, und eskortierten sie in einen kleinen dreckigen Militärhafen. Dort saßen sie vier Tage fest, mußten miterleben, wie die plombierten Container geöffnet wurden und wie das eigene Kommando nichts, aber auch schon gar nichts tat. Soviel Wodka habe er nachher in seinem gesamten Leben nicht mehr getrunken wie in diesen vier Tagen, erzählte der Kapitän. »Davon lebt er«, sagte Cherim auf deutsch. »Von dem vielen Wodka?« fragte ich. »Nein«, sagte Cherim, »von dieser ganzen Schiff-wird-gekapert-Geschichte. Ich kenne sie inzwischen auswendig. Er erzählt sie jedesmal. Später wird noch die Geschichte kommen, mit welchen Tricks er seinen Sohn dazu gebracht hat, an der Technischen Hochschule in Izmir Schiffsbau zu studieren. Morgen wird er sie erzählen oder vielleicht übermorgen.

Danach kommt garantiert noch einmal die Wodka-Geschichte. Er lebt von diesen beiden Geschichten. Tatsächlich. Er lebt davon.« – »Sag dem Kapitän, es war eine sehr spannende Geschichte«, bat Kossitzky. Er war wirklich ein höflicher Mensch.

Als Kossitzky begann, von Charly Roska, dem untalentierten Bankräuber, zu erzählen, der andauernd verhaftet wurde und einer seiner besten Kunden war, stand ich auf und ging zu meinem Liegeplatz zurück. Cherim lauschte mit offenem Mund. Ich wollte von diesen Gefängnisdingen im Moment nichts wissen.

Ich nahm das Calvin & Hobbes-Album und zerkugelte mich über die Seite, auf der Calvins Keule von einem Amok laufenden Baseball attackiert wird. Sein Vater verdächtigt ihn, mit der Keule Steine geschlagen zu haben. Er läßt ihn zumindest in Ruhe. Mit einem Mal war es so dunkel, daß ich nichts mehr erkennen konnte. Ich zog mich aus bis auf die Unterhose und schlüpfte unter die Decke. In der WG schlief ich immer nackt. Aber da lagen auch die Mädchen nicht eineinhalb Meter rechts neben mir.

In der Nacht nahm ich wahr, daß Kossitzky schräg vor mir auf seiner Matratze saß und in den Himmel schaute. Ich überlegte kurz, ob ich ihm auch alle Schlaftabletten gegeben hatte. Die Sterne würde ich mir ein andermal ansehen.

Am Morgen merkte ich, daß die anderen schon aufgestanden waren. Isabella planschte im Wasser rum, und Kossitzky saß vorne am Bug neben der Ankerwinde auf einer Holzkiste und rauchte. »Ich habe nicht gewußt, daß

Sie rauchen«, sagte ich. »Ich habe vor zweiundzwanzig Jahren aufgehört«, sagte Kossitzky, »weil der Internist gemeint hat, er sehe irgendwelche gefährlichen Veränderungen in meinem EKG. Wie ich am Donnerstag aus dem Krankenhaus weggegangen bin, habe ich mir noch im Spitalsbuffet zwei Packungen Camel gekauft. Ich habe nicht das Gefühl, daß ich meinem Herzen jetzt noch schaden kann.« Ich hatte kurz die Phantasie, daß ein Hypernephrom Nikotin nicht leiden kann, seine Sachen packt und aus dem Körper abhaut, aber das war natürlich Blödsinn. »Willst du eine?« fragte Kossitzky und hielt mir die Packung hin. Ich wehrte ab. »Wenn ich vor dem Frühstück rauche, bekomme ich Magenschmerzen«, sagte ich, und das stimmte auch. Ich bin ein Gelegenheitsraucher, und zwar nicht einer von der Sorte: bei jeder Gelegenheit, sondern einer, der sich nur bei wirklich besonderen Anlässen eine anzündet. Ich denke, das hat mit meiner Mutter zu tun, die stangenweise Casablanca wegheizt oder Lucky Strike oder Silk Cut. Nicht einmal als meine Schwester geboren wurde, hat sie zurückgeschaltet, und gemeinsam mit meinem Stiefvater hat sie die Kleine eingenebelt; er mit seinen Gauloises Blondes, weil er gemeint hat, damit ist er etwas Besonderes.

Als Isabella über die hölzerne Hängeleiter aus dem Wasser stieg, sah ich, daß sie einen dunkelblauen Einteiler mit zirka tausend winzigen weißen Elefanten trug. »Schau weg!« sagte sie, »ich weiß, er ist mir zu klein.« – »Nicht die Spur«, sagte ich, »es kommt nur alles gut zur Geltung.« Sie zeigte mir die Zunge. Zur Geltung kam in erster Linie ihr Hintern. An der Vorderfront hatte sie formatmäßig nicht viel zu bieten. Das sagte ich ihr jedoch nicht. Sie hatte ihre Brille abgelegt, und aus der Art, in der sie sich bewegte, war zu erkennen, daß sie ziemlich schlecht sah. Ich weiß nicht, warum das so war, aber der Knoten auf ihrem Hinterkopf, zu dem sie ihr Haar geschlungen hatte, paßte gut dazu. Zum Umziehen stieg sie in ihre Kabine hinunter und schloß hinter sich ab. Ich stellte mir vor, wie sie sich abtrocknete. Nett.

Nach dem Frühstück liefen wir aus. Beim Ankerlichten klemmte die Kette in der Winde. Der Koch nahm einen großen Flachmeißel aus der Kiste am Bug, drosch und hebelte an der Kette herum, bis sie wieder gängig war. Der Kapitän fluchte noch mehr als er. Cherim zog den Kopf ein und meinte, der Mechaniker, der sich die Sache am Vortag angesehen hatte, sei offenbar eine Null gewesen. Ich hatte noch den Geschmack von Schafskäse mit Honig auf der Zunge. Von gewissen Dingen war ich leicht zu überzeugen. Isabella hatte Tomaten gegessen, genüßlich, eine Scheibe nach der anderen. Hundertprozentig Angriff gegen mich. Ich hatte sie gefragt, ob sie sonst auch immer Tomaten zum Frühstück esse. »Nein«, hatte sie gesagt, »aber Urlaub ist Urlaub.« Sie erzählte, daß Caretta caretta zu ihren Legeplätzen bis zu zweitausend Kilometer zurücklege und völlig unklar sei, wie das Tier präzise immer denselben Strand annavigiere. »Manche glauben, sie benützen dazu die Sterne«, sagte sie. »Und haben dazu einen kleinen Kreiselkompaß und einen Sextanten in der Tasche«, sagte ich. Das war die Antwort auf die Tomaten. Isabella verstummte. »Ich habe gedacht, du willst die Schildkröten auch sehen«, sagte Kossitzky. Er begann sie in Schutz zu nehmen.

Wir umfuhren eine felsige Landzunge mit rötlichem Gestein und einigen Höhlen und querten die Zufahrt zu einer riesigen Bucht, von der Cherim behauptete, sie sei strengstes militärisches Sperrgebiet und man werde beschossen, komme man zu nahe ran. Er sagte etwas von amerikanischen Atom-U-Booten, aber ich hielt das für die pure Dampfplauderei. »Die Gelege fassen zirka hundertzwanzig Eier, die Brutzeit beträgt je nach Außentemperatur und Sonneneinstrahlung fünfundvierzig bis sechzig Tage«, sagte Isabella. Sie schleppte ihr Buch mit sich herum und war total hektisch.

In einer Bucht östlich des Dalyan-Deltas gingen wir vor Anker. Der Kapitän telefonierte, und wenig später war ein kleines Boot mit innenliegendem Motor da und nahm uns auf. Der Kapitän und der Koch blieben auf dem Schiff. Der weißhaarige Mann mit Schnurrbart, der unser Boot steuerte, fragte Cherim, woher wir kämen, und ließ uns dann wissen, daß einer seiner Söhne in den späten siebziger und den frühen achtziger Jahren insgesamt sechs Jahre lang beim Wiener U-Bahn-Bau beschäftigt gewesen sei. Dabei starrte er Isabella konsequent dorthin, wo man, wenn man wollte, durch den dünnen gelben Baumwollstoff ihres Trägerleibchens ihre Titten ahnen konnte. »Wenn ich meinen Revolver dabeihätte, würde ich dem alten Lüstling schon beibringen, wo er hinzuschauen hat«, sagte ich. Cherim lachte. »Soll ich ihm das übersetzen?« fragte er. Ich blickte zu Isabella hinüber. Sie befand sich wieder einmal summend in anderen Welten. Kossitzky war gelb im Gesicht. »Blicke tun nicht weh«, sagte er. Falsch.

»Welche Reihenfolgen hättet ihr gerne«, fragte Cherim,

»zuerst Turtle Beach und danach das Schilfdelta und die Ausgrabungen von Kaunos oder umgekehrt?« – »Zuerst Turtle Beach«, sagte Isabella rasch.

Wir legten in ziemlich brackig wirkendem Wasser an einem breiten Bootssteg an. Cherim führte uns an einer Gruppe von Feigenbäumen vorbei, über eine teilweise grasbestandene Düne zu einer provisorischen Holzabsperrung mit rot beschriebener Tafel: DO NOT DISTURB TURTLES! Neben der Tafel stand nicht jemand, der Eintritt kassiert oder einen auf Vertrauenswürdigkeit überprüft hätte, sondern ein Mister Türkisch Militär mit Kalaschnikow. »Today closed. This week closed«, sagte er. Isabella starrte auf die Tafel. »Mach ihm klar, daß wir extra deswegen hergekommen sind«, sagte ich zu Cherim. Er näherte sich untertänig dem Soldaten und sagte etwas, das klang wie zehnmal bitte und fünfzehnmal wenn es Ihnen nicht allzu große Umstände macht, und überhaupt wissen wir, daß das alles nicht erlaubt ist, was wir da wollen. Er wies dabei mehrere Male auf Isabella und mich, so quasi: Die beiden Kinder haben uns in diese Verlegenheit gebracht. Der Soldat schüttelte den Kopf und brummte drei kurze Sätze. »Tut mir echt leid«, sagte Cherim, »aber da ist nichts drin. Er sagt, es sind letzte Woche von irgendwelchen Wahnsinnigen dreißig Meter Strand umgegraben worden.« – »Geld?« fragte Kossitzky. Cherim hob erschrocken die Hände. »Nein«, sagte er, »nein. Das kann zwar gutgehen, es kann aber genausogut sein, daß er uns alle wegen versuchter Bestechung verhaftet.« Isabella wandte sich ab und schickte sich an zu gehen. »Was passiert, wenn ich ihn abknalle?« fragte ich. »Erstens wird er dir seine Maschinenpistole nicht so mir nichts dir nichts überlassen, und zweitens gibt es in der Türkei noch die Todesstrafe«, sagte Cherim.

»Wer sagt, daß ich seine Maschinenpistole dazu brauche?«

»Natürlich brauchst du sie nicht. Wenn du nur deinen Revolver dabeihättest – ich weiß.« Manche Leute glauben unkorrigierbar an das Gute im Menschen.

Der alte Mann in dem Boot grinste, als Cherim ihm erklärte, warum wir schon wieder zurück waren. Er hatte von der Sperre des Strandes angeblich keine Ahnung gehabt. Er sagte, man wisse nie, ob die Umweltschützer schuld seien oder die Schildkrötenjäger, wenn so etwas passiere. »Arschloch!« zischte Isabella und knallte ihr Buch auf den Boden des Bootes. Kossitzky hob es auf. Er ächzte dabei und sah aus, als habe er sich akut einen Nerv eingeklemmt.

Durch das Schilfdelta verliefen einige mäandrierende Wasserrinnen, die von den Touristenbooten befahren werden durften. Cherim berichtete enthusiastisch von der Einmaligkeit dieses Naturdenkmales, und daß es in der Türkei naturmäßig beinahe soviel gelte wie die Hagia Sophia in Istanbul oder die Ausgrabungen von Ephesos. Ich erinnerte mich, wie wir im Juni vergangenen Jahres, unmittelbar nach der Eröffnung der WG, einen Ausflug an den Neusiedler See gemacht hatten. Dabei waren Philipp und ich als die ersten beiden, die in die WG eingezogen waren, und auch Christoph. Er war erst wenige Tage bei uns. Wir starrten ununtbrochen fasziniert auf sein trübes Auge, und er erzählte genauso ununterbrochen, wie er zuletzt mitten in der Klasse die Hose runtergelassen und vor die Tafel geschissen hatte. Er behauptete auch, er habe in der Schule gelernt, der Neusiedler See sei nirgendwo tiefer als einen Meter. Um es uns zu beweisen, stieg er unmittelbar an der Grenze zwischen Schilf und offenem Wasser einfach aus dem Boot. Er verschwand augenblicklich bis über die Augen unter Wasser. Chuck, der als Betreuer bei uns war, traf beinahe der Schlag. Philipp und ich machten uns an vor Lachen. Wir zogen Christoph jedenfalls raus, und er schwor, er werde seine Lehrerin eigenhändig am selben Ort ertränken. Glücklicherweise war er für den Rest des Jahres von der Schule suspendiert.

Kossitzky fragte, ob es im Boot etwas zu trinken gebe. Der Alte erhob sich, klappte seine Sitzbank auf, zog mehrere kleine Flaschen Cola hervor und nannte einen Horrorpreis. »Ich werde verhandeln«, sagte Cherim, doch Kossitzky winkte ab und zahlte. Er grub in den Taschen seiner khakifarbenen Baumwollhose nach und holte eines der Königschen Briefchen heraus. »Nierenschmerzen«, sagte er lapidar und spülte das weiße Pulver mit Cola hinunter. Ich fragte mich, wie lange es dauern würde, bis Kossitzky so eingetunkt war, daß wir ihn würden tragen müssen. Er war mit Sicherheit nicht geeicht auf ein Zeug, von dem Heinz König sagte, es sei das Effektivste, das es überhaupt gebe. Mit Traubenzucker hatte das schätzungsweise nichts mehr zu tun.

Angenagte Steinquader und Säulenstümpfe zu besichtigen, nur weil sie zweitausend Jahre alt waren, fand ich bei fünfzig Grad in der Sonne besonders bescheuert. Wir wanderten in den Rillen, die angeblich Maultier- und Ochsenfuhrwerke in Urzeiten ins Straßenpflaster gegraben hatten, einen Hügel empor, zwischen verdorrenden Olivenbäumen auf der einen und bösartig aggressiv aussehenden Kakteen auf der anderen Seite. Cherim wurde seiner Rolle als Reiseleiter vollauf gerecht. Er erzählte uns in einem fort etwas über persische Könige, griechische Feldherren, über die erotischen Verquickungen von geilen Altgöttern mit blutjungen Fabelwesen und über geniale Archäologen, die den sechsten Sinn besessen hatten. Ihn schien die Hitze nicht zu kratzen. Das lag vermutlich an jenem speziellen Gen, das er von seiner Oma aus Marmaris geerbt hatte. Isabella stapfte ferngesteuert dahin. Man konnte die Schildkröten in ihrem Kopf kreisen sehen. Man konnte auch sehen, wie sie im Geist eine lange spitze Nadel in die Brust einer Puppe stieß, die eine türkische Militäruniform trug.

Das heilige Schildkrötenbuch hatte sich Kossitzky unter den Arm geklemmt. Er war nicht im Gehen eingeschlafen, ganz im Gegenteil, er schwebte locker und leicht den Berg hinauf. Keine Spur mehr von schmerzbedingten Verkrümmungen. Er erzählte, wie auf einer Romreise der ältere seiner Söhne mitten auf dem Forum Romanum zu brüllen begonnen hatte, er wolle jetzt auf der Stelle ein Eis und wenn er keins kriege, werde er gegen alles treten, was da so herumstehe, und er werde sich überhaupt aufführen bis zum Gehtnichtmehr. Der jüngere Bruder, der immer jede Blödheit mitgemacht habe, das ganze bis zum Polizistenwerden, hatte begeistert eingestimmt, und Kossitzkys Frau war so hilflos gewesen wie meistens. Schließlich habe er die Flasche Fanta, die sie dabeihatten, genommen und über den Köpfen der beiden Knaben ausgeleert. Naß, pickig und schreiend, wie sie waren, habe er sie in den nächstbesten Brunnen geworfen. Daraufhin seien sie naß und stumm gewesen, und seine Frau habe gemeint, sie sei nicht mehr länger bereit, seine Erziehungsmethoden zu akzeptieren, von Mittragen könne sowieso keine Rede sein.

Ich stellte mir meine Mutter in Rom vor, in ihrem halbtransparenten Hautengen mit dem silbernen Zackenmuster und im kurzen Blaufuchs, ich stellte sie mir im Kolosseum vor, denn vom Forum Romanum hatte ich keinen Begriff, und ich stellte mir vor, wie sie zu meinem Stiefvater sagt: Ich bin nicht mehr bereit, deine Erziehungsmethoden zu akzeptieren, und wie mein Stiefvater darauf sagt: Halt's Maul und beweg dich nicht! und die Kamera von der Schulter nimmt und beginnt, uns zu fotografieren. Die ausgehungerten Löwen, die die beiden auffressen sollten, gelangen mir nicht mehr, denn mich fröstelte plötzlich. Mit einem Sonnenstich hatte das nichts zu tun.

Auf der Rückseite der Hügelkuppe erstreckte sich ein ebener Platz etwa in der Größe eines halben Fußballfeldes. An seinem Rand ragte zwischen Pappeln und Mauerresten eine Gruppe zur Gänze erhaltener Säulen empor. Einige Ziegen stiegen herum und zupften mikroskopisch kleine Grünfragmente von diversen Pflanzengerippen. Hinter den Säulen fiel ein in den Hang hineingebautes Amphitheater ab. Wir setzten uns ganz oben hin, und Cherim ging in die Mitte hinunter, um uns die gute Akustik zu demonstrieren. Wir verstanden erst etwas, als er ziemlich brüllte: »Beachtet bitte die eingebuchtete Vorderseite der Sitzstufen. Sie ist dafür verantwortlich, daß man seinerzeit die Schauspieler auch in der letzten Reihe noch perfekt gehört hat.« Vielleicht verloren Einbuchtungen mit der Zeit ihre Wirkung. Ich ging ebenfalls hinunter und schrie: »Scheiß Amphitheater!« Dann begann ich In the Neighborhood zu singen. Ich versuchte meine Stimme möglichst rauh zu machen. Nach einer Minute war mein Mund so trocken wie der Boden, auf dem ich stand. Mein Rachen brannte. Ich hörte wieder auf. Keiner fragte mich hintennach, was ich da gesungen hatte.

Durch einen steilen glühenden Graben stiegen wir hinab zu ein paar Häusern am Fluß, kurz vor Beginn der Schilfzone. In einer Taverne aßen wir alle Goldbarsch. Cherim sagte, das gehöre zum Programm. Wir hockten hitzelahm unter einem Sonnendach aus tarnfarbenem Militärplanenstoff. Die Kartoffeln, die als Beilage serviert wurden, trieften von Öl. Ich mußte dennoch an Emilie und Katharina denken, die beiden Lehrerinnen, an die Cipriani-Nudeln zum Fisch, an den Sekt, der schachtelweise bei ihnen herumstand, an Katharinas rotes Lackminikleid und daran, wie Emilie sich benahm, wenn sie geil wurde. Obwohl ich es nicht wollte, bekam ich akut einen Ständer. Das passiert mir manchmal, wenn die Dinge total in Schwebe sind. Ich blickte auf Isabellas gelbes Top und versuchte ihre Titten zu fixieren, aber das paßte irgendwie überhaupt nicht.

Auf der Rückfahrt zum Schiff setzte ich mich mit Isabella in den Bug des Motorbootes, sie rechts, ich links der Mitte. Wir ließen unsere Beine von Bord hängen, und ich sang wieder In the Neighborhood. Das Motorgeräusch war so laut, daß sie nichts verstand, schätze ich, aber das machte nichts, denn einerseits schien sie sich nach wie vor zig Lichtjahre entfernt auf dem Schildkrötenplaneten zu befinden, andererseits sang ich sowieso praktisch nur den Refrain. Das Boot stieg mit der vorderen Hälfte immer wieder hoch und klatschte nach den Wellenbergen flach aufs Wasser. Innerhalb kürzester Zeit hatte uns die Gischt völlig durchnäßt. Isabellas Nippel standen in der Gegend rum, als hätte sie gar nichts an. Der alte Mini-Kapitän hätte sich mit Sicherheit von oben bis unten angesabbert, hätte er die beiden süßen Dinger im Blickfeld gehabt.

Als ich von der Leiter an Deck stieg, stellte sich mir Isabella in den Weg. »Ich weiß, wir hätten sie nicht gesehen«, sagte sie. Ich war eben intensiv dabeigewesen zu überlegen, ob ich gleich ins Wasser gehen sollte oder erst einen kurzen Archäologie-Erholungsschlaf brauchte, und verstand dementsprechend gar nichts. »Wen hätten wir wo nicht gesehen?« fragte ich. »Die Schildkröte«, sagte sie, »Caretta caretta. Ich weiß, sie wäre nicht an dem Strand gewesen. Auch wenn uns der türkische Soldat durchgelassen hätte, wäre sie nicht dort gewesen.« Ich widersprach ihr nicht. Es gibt schließlich auch Leute, die haben einen sechsten Sinn dafür, ob die Überwachungskameras in einem Supermarkt eingeschaltet sind oder nicht.

Ich schnorchelte kreuz und quer durch die Bucht und holte zumindest zwanzig Schneckengehäuse vom Grund herauf. Zwei Drittel davon machten sich an Deck nach einer Weile aus dem Staub, da Einsiedlerkrebse in ihnen wohnten. Ein besonders nettes Exemplar, Gehäuse violett gepunktet, Krebs mit rot-schwarz gestreiften Fühlern, nahm ich und setzte es Isabella aufs Knie. Sie fuhr langsam, so als wäre es ein Teleskopkran, den rechten Mittelfinger gegen mich aus. Das beruhigte mich. Der Krebs kroch in Schlangenlinien ihren Oberschenkel hoch und vermied es geschickt, links oder rechts abzustürzen. »Eine Art Mini-Caretta«, sagte ich, »er lebt im Wasser und trägt sein Haus mit sich herum.« Sie schien das nicht besonders lustig zu finden. Der Krebs wandte sich nach rechts, jener Stelle zu, wo eine Karawane kleiner weißer Elefanten über Isabellas Schamhügel wanderte. Ich stellte mir einen wilden roten Haarbusch zwischen ihren Beinen vor, der sich plötzlich in Bewegung setzt, um davonzulaufen, und sich bei näherer Betrachtung als Babyschildkröte mit Pelz entpuppt. »Warum lachst du?« fragte sie. »Nichts«, sagte ich, »ich habe an Roswitha gedacht.«

»Welche Roswitha?«

»Roswitha Lombardi, eine frühere Freundin.« In gewissem Sinne hätte das auch die Wahrheit sein können. »Darf der Krebs da sitzen bleiben?« fragte ich. »Wenn es ihm gefällt«, sagte sie. Es gefiel ihm.

Calvin baut Wasserbomben, überlegt, aus Ohrenschmalz eine Kerze herzustellen und begibt sich mit Hobbes auf die Suche nach etwas Abartigem. In dem Augenblick, in dem er seinen Vater auf dem Fahrrad sieht, hat er die Erkenntnis, daß Abartigkeit immer zu Hause anfängt. »Selbst wenn man sie sucht, ist man nicht darauf vorbereitet«, sagt Hobbes. Ich hatte keinen philosophierenden Tiger dabei. Mich überfiel dieses innerliche Milchquirlgefühl, bei dem ich mir ansonsten einen kleinen Einwurf gönne oder irgendwo Scherben produzieren muß. Diesmal schlief ich nach einer Weile von selbst ein. Daran war die Hitze schuld oder vielleicht dieser Einsiedlerkrebs mit seinen gestreiften Fühlern.

Kossitzky aß nichts zum Nachtmahl. Statt dessen stieß er einen Raki nach dem anderen hinunter. Seinen Lammfleischspieß schenkte er dem Koch. Er sah aus, als habe man vor kurzem begonnen, ihn vom oberen Körperende her auszuquetschen, grau und dürr. Als alle anderen fertiggegessen hatten und sich ihre Zigaretten anheizten, beugte er sich zu mir und sagte: »Du mußt mir helfen. Ich habe nichts mehr.« Damit hatte ich nicht gerechnet. Er hatte die Königsche Spezialmischung offenbar weggeschnupft, als wäre sie Staubzucker. »Ein Briefchen ist mir ausgeronnen«, sagte er wie zur Entschuldigung, »es hatte ein Loch.« Ich wollte schon fragen: Tut die Sache sehr weh? oder: Ist es wirklich so schlimm?, ließ es dann aber bleiben. Mir war klar: Die Phase zwei hatte begonnen.

Wir wickelten die Operation direkt am Tisch ab. Dort kriegte man noch so was wie eine halbwegs ordentliche Beleuchtung hin. Kossitzky erzählte etwas von urplötzlicher Nierenkolik. Er erfand eine zwölfteilige Schmerzskala, auf der die Nierenkolik ganz oben rangierte. Ich legte ihm die hellblaue Staubinde um den linken Oberarm und zog fest. Alle standen mit großen Augen rundherum. Sie hielten mich mit Sicherheit für den totalen i.v.-Routinier. Ich dachte daran, wie ich vor kurzem Birgit, der kleinen kahlgeschorenen Vorarlbergerin, aus Gefälligkeit einen Schuß gesetzt hatte, weil sie selbst davor mit der rechten Handfläche in den Gaskocher gekommen war. Kossitzky hatte optimale Venen, dick, festwandig, nicht rollend. Bei Birgit war alles brüchig und zerstochen gewesen, und ich hatte die Hälfte des Zeugs ins Gewebe gejagt.

Ich wählte das Vendal, weil der Name für mich mehr nach Schuhcreme klang und weniger nach Intensivstation und ich mir das Heptadon für den Ernstfall aufheben wollte, wobei ich zu diesem Zeitpunkt keinen blassen Schimmer davon hatte, wie dieser Ernstfall aussehen würde. Ich brach den Kopf der Glasphiole weg und zog den Inhalt in eine Zweimilliliterspritze auf. Ich stach eine von Kossitzkys Venen schräg an, ließ ein wenig Blut in die Ampulle retourrinnen, öffnete die Staubinde und drückte langsam ab. Alle blickten Kossitzky erwartungsvoll an, so als müsse die letzte Seligkeit auf seinem Gesicht erscheinen. Der Koch sagte etwas auf türkisch und wies auf seine eigene Nierengegend. »Besser?« fragte Cherim, »geht's Ihnen besser?« – »Ein Heineken, bitte«, sagte Kossitzky. Sein linker Mundwinkel stieg ein wenig hoch. Die Schuhcreme wirkte.

An jenem Oktobertag des vergangenen Jahres, als ich Kossitzky mein Anliegen vorgetragen hatte, war sein Mundwinkel auf ähnliche Weise hochgestiegen. »Erdbeeren und Walnüsse sagst du?« hatte er gefragt, »ganz einfach Erdbeeren und Walnüsse?« Ich hatte genickt und nichts drauf gesagt.

Isabella betrachtete total fasziniert das gebrauchte Injektionszeug. Am Ende nahm sie den abgebrochenen Phiolenkopf und ritzte damit auf der Innenseite ihres Unterarmes herum. »Jasmin schneidet sich auch auf«, sagte ich, »sie behauptet, sie kann nicht anders.« Isabella begann zu summen und ritzte Kreise in ihre Haut. Ihre Augen schauten dabei ungefähr nach Patagonien. »Was ist das eigentlich für ein Lied, das du da immer summst?« fragte ich. Sie drückte kurz fester auf. Nach zwei Sekunden quoll ein Tropfen Blut hervor. »Meine Mutter hat es mir beigebracht«, sagte sie, »eine Art Weihnachtslied.« Wir hatten Mitte Juli, Gianluca Vialli war Gott, und wer wußte, ob es Weihnachten in diesem Jahr noch geben würde. Ich sagte jedoch nichts davon.

Später schwamm ich noch drei Runden im Finstern. Es war keinerlei Bewegung im Wasser, alles glatt und ruhig. Ich stellte mir vor, einzuschlafen, nach unten zu sinken und in einer völlig anderen Welt wieder zu mir zu kommen. Zum Beispiel in einer, in der Wasserschildkröten die höchstentwickelten Lebewesen sind und Menschen mit Baseballkeulen und Trommelrevolvern ihre Leibwächter.

Kossitzky spielte Tavla und gewann. Isabella lag auf dem Vorderdeck. Sie blätterte in ihrem Buch, obwohl es ausgeschlossen war, daß sie noch etwas erkennen konnte. »Wann ist deine Mutter eigentlich gestorben?« fragte ich.

»Gestern«, sagte sie.

»Gestern?«

»Ich meine, vor kurzem erst.«

»Und woran?«

»An einem Zungenbeinbruch.«

»Und wo ist dein Vater?«

»In Sicherheit.«

Isabellas Tonfall war so, daß ich nicht nachfragte. In Biologie war ich nie besonders gut gewesen. Zu wissen, daß das Zungenbein nicht in der Wade lag und nicht an der Handkante, dafür reichte es allemal.

6

Der Koch drosch mit dem Flachmeißel gegen die Ankerkette. Plong, plong, plong! Der Kapitän fluchte. Die Zikaden hielten ein Morgenkonzert. Kossitzky hing über der Reling und reiherte ins Wasser. Dabei hatte es noch nicht einmal Frühstück gegeben. Als er merkte, daß ich nicht mehr schlief, war er sichtlich erleichtert. Er deutete auf seine Ellenbeuge. Ich spritzte ihm eine Ampulle Vendal. Er erzählte mir von den Schmerzen, die er gehabt hatte, als er seinerzeit auf einem Tauchgang im Roten Meer in einen Schwarm Nesselquallen geraten war. Arme und Beine seien angeschwollen gewesen wie Würste, und die israelische Ärztin im Spital von Eilat habe ihn mit Cortison vollgepumpt. In der Folge habe er beim Tauchen ausnahmslos einen Ganzkörperneoprenanzug getragen.

»Hat er auch Schmerzen gehabt?« fragte ich.

Kossitzky blickte mich erst fragend an, begriff dann sofort. »Ich denke, davor hat er einige Male Schmerzen gehabt«, sagte er.

»Davor?«

»Vor dem abschließenden Ereignis.«

Wir umfuhren mehrere felsige Landzungen, ließen eine Zone völlig kahler Inseln unberührt und steuerten auf eine Stadt mit einer Reihe weißer Hotelklötze zu. »Fethiye«, sagte Cherim und breitete die Arme aus wie ein Priester, »der Ausgangspunkt unserer Tour zur Schlucht von Saklikent.« Kossitzky duckte sich. Er hatte sich eben ein wenig Honig über die drei Stück Schafskäse geträufelt, die vor ihm auf dem Teller lagen. Die Äderchen auf seinen Wangen waren verschwunden. Seine Augen waren gelb. Er sah eindeutig nicht nach einer Schluchtwanderung aus.

Wir fuhren mit einem uralten türkisfarbenen Bus, der das Kühlaggregat auf dem Dach nur zur Zierde trug, in die Berge hinauf. Cherim faselte etwas von Jahrmillionen, die das Wasser benötigt habe, um die Schlucht in den Fels zu schneiden. Zu Jahrmillionen hatte ich keinen unmittelbaren Bezug, und in dem Grillkamin von einem Bus über Wasser zu reden, war der pure Sadismus. Isabella sagte, sie habe beschlossen, sich in Zukunft mit den diversen Unterarten der Galapagos-Riesenschildkröte zu beschäftigen. Das sei weniger frustrierend, denn auf die Galapagos-Inseln komme sie unter Garantie niemals in ihrem Leben. »Weinen die auch?« fragte ich. »Nein«, sagte sie, »sie weinen nicht, sie blicken immer gleichmütig, und sie werden hundertfünfzig Jahre alt.« Das klang beruhigend.

Die Häuser an der Straße besaßen alle vorgelagerte Teeterrassen, die mit Teppichen belegt waren. Sie wurden von den vorbeifahrenden Autos erbarmungslos angestaubt. Cherim meinte, das mache den Leuten nichts. In diesen

Breiten müsse es immer ein wenig zwischen den Zähnen knirschen, und die Teppiche könne man perfekt ausklopfen. Ich erzählte die Geschichte von Ley, dem Augenarzt mit seiner Wahnkrankheit. Er operierte zwanzig graue Stare die Woche, alles Privatpatienten, versteht sich, ließ zumindest die Hälfte seines Geldes in antike chinesische Seidenteppiche fließen und lebte in der Gewißheit, daß der ganzen Welt das bekannt sei und es längst eine Verschwörung mit dem Ziel, ihm die besten Stücke unter den Füßen wegzustehlen, gebe. Mir ging sein Gejeiere mit der Zeit so auf die Nerven, daß ich ihm eines Tages ein mittelgroßes hellgelbes Exemplar mit weißen Kriegern und goldenen Pferden drauf mit einem extra dafür im Baumarkt gekauften Stanley-Messer in hundert kleine Quadrate zerschnitt. »Zahlt schlecht und spinnt«, sagte ich, »das ist zuviel. Neun Schnitte längs, neun Schnitte quer, aus fertig.« – »Wofür bezahlt er dich?« fragte Cherim. »Für diverse Dienstleistungen«, gab ich zur Antwort. Er lachte dreckig: »Du meinst, Botendienste und so?« – »Ja, vorwiegend Botendienste«, sagte ich. Ich fragte mich, wie es wäre, Cherim den Revolver gegen den Nabel zu halten oder ihn an einem Hundehalsband an den Mast zu binden. Meine Mutter könnte dann sein Gebiß prüfen, den Zahnstein entfernen und ihm Chlorophyll-Tabletten gegen Mundgeruch verschreiben.

Vor uns kreischte eine Gruppe Touristinnen jedesmal im Chor, wenn wir an einem jener Sprinkler vorüberfuhren, die ab und zu am Straßenrand aufgestellt waren. Dabei war der Wasserdruck in diesen Dingern so gering, daß kaum ein Tropfen durch die geöffneten Fenster hereindrang.

Nach einigen ziemlich aberwitzigen Serpentinen ohne Leitplanken und ohne wirkliche Ausweichmöglichkeit hielten wir in einer Reihe von zwanzig anderen türkisfarbenen Bussen mit Rostbefall. Das Gebäude nebenan schien gleichzeitig ein Wasserkraftwerk, ein Teppichgeschäft und ein Restaurant zu sein. Cherim kaufte zwei Flaschen Wasser, zur Sicherheit, wie er meinte.

Wir querten ein breites flaches Bachbett und gingen dann auf einem Knüppelsteg direkt in die Schlucht hinein, die sich dort öffnete. Ich weiß nicht warum, aber beim Wort ›Knüppelsteg‹ erinnerte ich mich an jenen Tag, an dem der Brief von Eberhard, meinem Klassenvorstand, an meine Eltern eingelangt war. Ich hatte ihn nicht so früh erwartet, denn für die Abwesenheiten hatte ich meistens eine Entschuldigung gehabt, und die Polizei war nur einmal in der Schule gewesen. Ich sah auch nicht täglich prophylaktisch im Postfach nach. Meine Mutter las etwas vor von ›gemeinschaftsfeindlichem Verhalten‹ und von ›groben Defekten in der moralischen Entwicklung‹, und mein Stiefvater meinte, er werde schauen, ob sich altbewährte pädagogische Mittel zeitgemäß modifizieren ließen. Er holte ein vielleicht zwei Meter langes Kantenprofil aus Messing aus dem Keller, weiß Gott wofür er es dort gehabt hatte, und schnitt es mit der Eisensäge in handliche, zirka vierzig Zentimeter lange Stücke. Er legte die Stäbe aneinander und ließ mich draufknien. Jede Viertelstunde machte er ein Foto.

Wir marschierten direkt im Bach. Anfangs zogen wir die Schuhe aus und hängten sie uns über die Schulter. Cherim hatte behauptet, es gelte als außerordentlich gesund, über die rundgewaschenen Felsen zu gehen, und es habe schon Tausende Gichtgeplagte und Rheumatiker und Sportverletzte geheilt. Mir taten schon nach zwanzig Minuten meine Sohlen dermaßen weh, daß mir die Vorstellung, meine Converse könnten sich im Wasser auflösen, scheißegal war. Hauptsache, irgendwas befand sich zwischen meiner Haut und diesem aggressiven Gestein. Die beiden anderen gingen barfuß weiter, Cherim unter gelegentlichem Zucken, Isabella locker und leicht. Isabella trug das gelbe Träger-T-Shirt vom Vortag und hellblaue NoName-Jeans, die in Wadenlänge abgeschnitten waren. An manchen Stellen stach die Sonne zwischen den bauchigen Felswänden herab zu uns. Dann leuchtete ihr Haarschopf auf wie eine Laterne. Ab und zu summte sie.

Die wenigsten der Leute, die uns entgegenkamen, machten einen geheilten Eindruck. »Gibt's dort oben einen Tempel oder einen wundertätigen Einsiedler oder so was?« fragte ich. »Nicht daß ich wüßte«, sagte Cherim. Ich bekam langsam den Verdacht, daß er auch noch nie hiergewesen war.

An einer Wandstufe neben einem dünnen gespinstartigen Wasserfall führt eine Eisenleiter vielleicht fünfzehn Meter senkrecht nach oben. Wir blicken einander an. »Ich bin nicht schwindelfrei«, sage ich schließlich, »ich falle mit Sicherheit runter.« – »Ich auch«, sagt Cherim und lacht. Isabella steigt auf einen hüfthohen Felsblock und beginnt von einem Unwetter zu erzählen, das sich zwanzig Kilometer nördlich zusammenbraut, eine Konstellation, die eigentlich für Ende August typisch ist, wenn sich über dem Schwarzen Meer ein Tiefdruckwirbel bildet. Die Wolken türmen sich innerhalb von weniger als einer Stunde zu mächtigen Gebirgen. Über den Rest des Himmels legt sich ein graugrüner Schleier. Die Fallwinde, die ansonsten ständig in Richtung Meer wehen, halten für kurze Zeit inne, um sich danach stürmisch und um fünfzehn Grad kühler aufzumachen. Erst brennt der Himmel; man denkt, es könnte eines dieser trockenen Gewitter sein, und ist froh über die Brandschneisen, die das Militär durch die Wälder gezogen hat. Dann brechen die Wolken. Der Boden ist ein dürrer Schwamm und tränkt sich in den oberen Schichten innerhalb von Minuten. Jetzt rinnt das Wasser an der Oberfläche ab wie auf Lehm, zieht Furchen, nimmt die rote Erde mit und stürzt unbehindert in die Tiefe. Auf einer Länge von nur fünf Kilometern füllt sich die Schlucht, und die Flut wälzt sich nach unten, als sei ein Staudamm gebrochen. Die Leute wissen nichts von einem Gewitter. Als sie das Grollen hören, halten sie an und lauschen, doch bevor sie weiterdenken können, ist die Wasserwand da. Unmittelbar bevor sie uns erreicht, wirft sie einen gelb und grün gekleideten Körper über den Absatz, an dessen Fuß wir stehen, hinaus. Er fliegt in dem schmalen Spalt dahin, Arme und Beine weit gespreizt, langsam um seine Mitte rotierend, doch ehe er seitlich an eine der Felsausbuchtungen prallt, ist alles vorbei.

Auf dem Rückweg brachte Isabella mir den Text ihres Liedes bei. Er war französisch, und wir hatten beide keinen blassen Schimmer, was er bedeutete, doch das war uns genauso egal wie die Distanz zwischen dem zwanzigsten Juli und Weihnachten. Minuit Chretiens, c'est l'heure solenelle, Ou l'homme Dieu descendit jusqu'a nous. Das merkte ich mir und den Refrain: Noel! Noel! Chantons le Redempteur! Noel! Noel! Voici le Redempteur! Unter mir lösten sich sündteure weiße Converse mit rotem Knöchelstern auf, in meinem Rücken war möglicherweise eine gewaltige Flutwelle im Entstehen, auf dem Boot vor mir lagerten der größte in Serie gebaute Trommelrevolver und Medikamente, die ausnahmslos unter die Suchtgiftbestimmungen fielen, und ich sang gemeinsam mit einem gutgenährten, aber tittenmäßig unterversorgten rothaarigen Mädchen ein Weihnachtslied, das ich nicht verstand. Von Schildkröten war die ganze Zeit nicht die Rede.

Cherim hatte einen mittellangen Schnitt in der linken Fußsohle. Auch sonst gehörte er eindeutig zu jenen Menschen, die diesen Canyon ungeheilt verließen. Im Autobus schlief er nach wenigen Minuten ein. Auf diese Weise ließ er uns zumindest mit irgendwelchen Jahrtausenden oder Jahrmillionen in Ruhe und sagte nicht in jedem Satz dreimal ›perfekt‹.

Die Abstimmung, die es an der ersten größeren Kreuzung unter den Businsassen gab, ging siebenunddreißig zu zwei gegen die Besichtigung einer Teppichfabrik aus. Der Busfahrer hatte vermutlich einen Vertrag mit dem Teppichfabrikanten und schaute angefressen drein. Ich überlegte kurz, wie man einen Teppich mitgehen lassen könnte, sozusagen als Fingerübung, ein kleines Kapitel in dem Buch ›Theorie und Technik des Diebstahles‹. Es fiel mir auch theoretisch nichts Bahnbrechendes ein.

Der Kapitän kam auf uns zu und sagte zu Cherim etwas auf türkisch. Cherim legte die Stirn in Falten. »Eurem Freund geht es nicht gut«, sagte er, »er ist unten in seiner Kajüte.«

Kossitzky lag zusammengekrümmt auf dem Bett, die Rakiflasche in der Hand, zitternd. Er war in einer reichlich transzendentalen Verfassung. Ich blickte auf die Uhr. Seit dem Vendal am Morgen waren vier Stunden und fünfzig Minuten vergangen. Ich beschloß, daß so der Ernstfall aussehen konnte, und injizierte ihm eine Ampulle Heptadon. Als ich ging, sagte er »Mein Engel«, oder so ähnlich. Das war mir peinlich. Die Rakiflasche ließ ich ihm trotzdem. Sie war sowieso fast leer.

Zwei junge Burschen lieferten auf einer Schubkarre mehrere Blöcke Stangeneis an. Der Koch hob sie in eine der Blechwannen, die sich unter den Sitzbänken befanden, zerkleinerte sie mit einem Hammer und schob die Abdeckung wieder drüber. »Was kommt da hinein?« fragte ich. Ich wußte, daß die beiden anderen Wannen voll mit Getränken und wir in Summe nur sechs Personen waren. Cherim fragte für mich. Der Koch grinste, hob die Schultern und brummte was. »Er sagt, Seejungfrauen kommen da rein«, sagte Cherim, »für jeden eine.« – »Die meine schenke ich ihm«, sagte ich, »im Urlaub brauche ich so was nicht.« Der Koch fand das irrsinnig lustig und klatschte sich gegen die Schenkel.

Wenig später kam Kossitzky an Deck. Er konnte sich zwar kaum aufrecht halten, sein Blick war jedoch klarer geworden. Er hatte ein frisches weißes Kurzarmhemd und sandfarbene Bermudashorts angezogen. Er wirkte hektisch.

»Sag dem Kapitän, wir wollen aufbrechen«, sagte er leise zu Cherim, »sag ihm, wir wollen jetzt gleich aufbrechen. Und sag ihm, er soll nur noch die schönsten Plätze anlaufen, die er kennt. Die allerschönsten Plätze.« Kossitzky stützte sich an Cherims Schulter ab. Cherim nickte. »Ich weiß, was Sie meinen«, sagte er. Er hatte keine Ahnung, der Zwerg von einem Reiseleiter hatte in Wahrheit nicht die geringste Ahnung.

Isabella las *Die Welt der Wunder*. Das Schildkrötenbuch war irgendwo in der Versenkung verschwunden. Ich vertrieb mir die Zeit mit dem Satz *Well the eggs chase the bacon round the fryin' pan*, der sich in einer meiner Hirnwindungen festgekrallt hatte. Ich stellte mir vor, wie zwei Eier, die hintereinander auf einem graugrünen KTM-Pony sitzen, ein Stück Speck in einer dunkelblauen Schaffneruniform unbarmherzig im Kreis hetzen. Der Schaffnerspeck sinkt schließlich in die Knie, total erschöpft, Blut quillt ihm aus der Nase. Die beiden Eier erledigen ihn vollends und richten ihn zum Braten her. Isabella lachte. Sie hatte die Seite aufgeschlagen, auf der Calvin versucht, sich dem Kaugummikauen wissenschaftlich zu nähern. Sie lag auf dem Bauch, und ihr Arsch ragte rund ins Bild. An der Stelle, an der sich Calvin einen Herzfrequenzmonitor zulegen möchte, um zu überprüfen, ob er an der aeroben Leistungsgrenze kaut, hüpfte er auf und ab wie ein Basketball, der ganz eng am Boden gedribbelt wird. »Darf ich meine Hand auf deinen Polster legen?« fragte ich. Sie nickte. Ich hätte wetten mögen, daß meine Frage nicht über ihr Innenohr hinausgelangt war. Pech gehabt. Sie hatte eindeutig genickt. Ich ließ meine Hand eine Zeitlang über ihrem Kreuz in der Luft schweben. Es heißt, manche Menschen können allein durch die Kraft ihres Willens Gegenstände bewegen oder Wärme erzeugen oder Klaviere zum Klingen bringen. Ich glaube nicht wirklich an diesen Schmafu. Kann sein, daß ich eine Ohrfeige erwartete oder eine Kreischorgie oder sonst einen Frontalangriff, das war jedenfalls nicht der Grund dafür, daß ich es schließlich bleibenließ. Da war die Erinnerung an den Slip mit den winzigen Blumen, an die Grübchen, die im Rhombus angeordnet waren, und an die verrutschte Brille. Da waren Calvin und Hobbes in ihrem unwiderruflich letzten Album, und da war Stangeneis, auf das Seejungfrauen gebettet werden sollten. Da war schließlich die Gewißheit, daß sich dieses Pölsterchen über ihrem Kreuzbein anfühlen würde wie Moosgummi und sie sich insgesamt auch, die Oberschenkel, der Arsch und die Titten und der Speck an ihren Seiten. Durch all das wurde ich mit einem Mal vollkommen ruhig und entspannt. Moosgummi macht keinen Ständer.

Ich legte mich hin, schob mir die Oakleys über die Augen und setzte die Ohrhörer auf. Es hatte schätzungsweise vierzig Grad, das Schiff schaukelte sanft, unter der Sonnenplane strich ein leichter Wind durch, und neben mir lag ein rothaariges Mädchen, das ab und zu glucksend lachte. Minuit Chretiens. Frohe Weihnachten! Komischerweise mußte ich an die Vogges denken in ihren weißen Tennisschuhen und Faltenröcken und an Gonzo, der sich nichts anderes leisten konnte als seine Rotwein-Rohypnol-Mischungen. Die Stimme von Tom Waits klang so, als habe er in seiner Jugend auch eine Sozialarbeiterin gehabt.

Der Koch stand an der Reling und beobachtete durch das Fernglas eine enorme Motorjacht mit vollverspiegelter Verglasung, die uns langsam überholte. »Kashoggi«, sagte er, als er merkte, daß ich zu ihm rüberschaute, »very rich man.« – »Ghaddafi«, sagte ich. Der Koch fand das schon wieder irrsinnig lustig. Der Mann hatte mit Sicherheit drei kleine Kinder zu Hause und böse alte Schwiegereltern, die er mitversorgen mußte. Ein wenig beschlich mich das Gefühl, er wolle etwas von mir. Er war allerdings weder mein Typ noch a very rich man. Was er kochte, war einigermaßen eßbar. Das war im Moment entscheidend.

In einem winzigen Fischerhafen kam die Frau des Kapitäns an Bord. Sie war klein und drahtig, trug blondgefärbtes Haar und grüßte alle mit unterwürfiger Freundlichkeit. Der Kapitän mache das nur, wenn ausreichend Platz auf dem Schiff sei, sagte Cherim, und er hoffe, wir hätten nichts dagegen. Kossitzky war verwirrt. Er hatte gar nichts gegen die Frau, doch einerseits gefiel ihm das Dorf nicht, andererseits war bei ihm aus unerfindlichen Gründen die Gewißheit entstanden, wir befänden uns auf dem Rückweg. Er stand gestikulierend vorne im Bug und verlangte nach einer augenblicklichen Kursänderung. Er wisse, er habe manchmal Schwierigkeiten mit seiner Autorität gehabt, doch diesmal sei klar, daß er die ganze Sache bezahlt habe, und daher lasse er sich nicht in irgendein häßliches Kaff verschleppen oder überhaupt an der Nase herumführen. Der Kapitän versuchte ihn zu beruhigen und sagte etwas von ›Horsehead Bay‹ und ›second most beautiful‹. Kossitzky brüllte ihn an, Pferdeköpfe interessierten ihn nicht und er werde sich für eine Haftverlängerung aussprechen, wenn man nicht augenblicklich diesen scheußlichen Ort verlasse. Isabella setzte sich auf. »Haftverlängerung?« fragte sie. »Er war früher Justizwachebeamter«, sagte ich, »und jetzt knallt er durch.«

»Justizwachebeamter?«

»Das sind die, die im Gefängnis die Häftlinge bewachen.«

Sie schloß die Augen und begann ihr Lied zu summen.

Ich ging vor zu Kossitzky. Er stand da und bebte. Ich fragte ihn, ob er Schmerzen habe. Er blickte durch mich hindurch, wurde im Gesicht noch weißer als sonst und kippte um.

Mit Raki und Heptadon plus Vendal und Beinehochlagern kriegten wir ihn halbwegs hin. Er war mit dem Hinterkopf gegen die Kante des Vorderdeckaufbaues gestürzt und hatte sich eine ungefähr drei Zentimeter lange Platzwunde zugezogen. Der Kapitän war geradezu euphorisch, weil er den Verbandskasten, den er schräg unterhalb des Steuerrades hängen hatte, einsetzen konnte. »Very sick man«, sagte er immer wieder und wiegte sorgenvoll seinen Kopf, »very sick man.« Kossitzky lag verpflastert auf seiner blaßgelben Waffeldecke und schlief friedlich. Sein Atem roch nach Apfelmost. Isabella sah ihn lange an. »Haftverlängerung«, sagte sie.

Es war nach sieben Uhr am Abend, als wir in Karaloz Limani, jener Bucht, die angeblich die Form eines Pferdeschädels hatte, einliefen. Ich hatte es eilig, ins Wasser zu kommen, und wurde prompt enttäuscht, da es so trüb war, daß man beim Schnorcheln kaum etwas sah. »Jetzt weißt du, wie es mir immer geht«, sagte Isabella, »du kannst dir jetzt vielleicht auch vorstellen, warum ich es nicht mag, senkrecht nach unten ins verschwommene Dunkel zu schauen.« Es gab Taucherbrillen mit optischen Gläsern. Das sagte ich ihr aber nicht. Die Wassermisere hatte damit zu tun, daß sich der Pferdekopf weit und verwinkelt ins Land hineinzog, so daß zu wenig Austausch mit dem offenen Meer zustande kam. Das behauptete zumindest Cherim.

Ich sprang Saltos und Köpfler und Bomben von der Reling, vom Bugspriet und vom Dach der Brücke. Ich schätze, es war nicht so besonders elegant, was ich da in die Luft zauberte, aber das Eintauchen verursachte jedesmal einen kleinen Kick. Es war die Sekunde, in der mir das Wasser in die Nase schoß, die das Gefühl hervorrief, als werde irgendwas in meinem Hirn kräftig ausgepreßt. Cherim sprang eine Zeitlang mit. Wir unterhielten uns zwischendurch über Fredi Bobic, über den Ehrgeiz Mario Baslers, über Michael Owens Auftritte bei der WM und über die Frage, ob man eher Dennis Bergkamp oder Patrick Kluivert in eine Weltauswahl stellen solle. Über Vialli sagte ich nichts. Ich dachte an meine Schwester, daran, daß sie fünfeinhalb Jahre alt war und Pflegeeltern hatte, die ein Haus besaßen, einen Opel Omega Kombi, einen Haufen Hühner und zwei Maultiere. Ich dachte daran, daß sie eben dabei war, meinen Stiefvater endgültig zu vergessen, denn sie war zwei Jahre und fünf Monate alt gewesen, als sie ihn abgeholt hatten. Und ich dachte daran, daß sie vielleicht eines Tages wie Isabella werden würde, groß, moosgummiartig am ganzen Körper, mit Mühe imstande, einmal kerzengerade ins Wasser zu springen, und dennoch irgendwie entflammt, wenn die Sonne auf sie schien. Dabei hatte sie gar keine roten Haare, sondern dunkle wie ich.

Ich sah dem Kapitän eine Weile zu, wie er zwei Angeln präparierte. Er brachte jeweils einige künstliche Köder an, mehrschwänzige Fischimitate aus Gummi an der einen, an der anderen große Metallblinker mit roten und gelben Federn. Vor die Köder hängte er kiloweise Blei. »Tonight fishing«, sagte er, »tonight surprise meal and afterwards fishing.« Die Angelruten waren kurz und kräftig. Auf den Multirollen beider waren dicke geflochtene Schnüre aufgezogen. Es machte den Eindruck, als habe er es auf irgendein mächtiges Getier abgesehen. »Big fish?« fragte ich, »you catch big fish?« Er lachte. »Yes«, sagte er, »very big fish. One meter, two meters, three meters.« Da gab es diese Typen, die sich am Heck eines Kutters auf einen Teakholzstuhl schnallen ließen und in dieser Position tagelang das Meer befuhren, um den Fang ihres Lebens zu machen. Irgendwann zogen sie dann den siebzehntgrößten Schwertfisch der Saison aus den Fluten oder einen jämmerlichen Katzenhai, ließen sich damit fotografieren und zahlten ein Vermögen dafür. ›Big Game‹ nannten sie das ganze Spektakel; Kurt schwärmte immer wieder davon und behauptete, dereinst in jener besseren Welt, in der es mehr Geld zu verdienen gebe, werde er sich so einen Urlaub gönnen, auf den Azoren oder auf Madeira oder auf den Fidschi Inseln. Er hatte zwei Zeitschriften über Hochseefischen abonniert und besaß alle diese Hemingway-Bücher.

Ein paar Schiffsbreiten neben uns ging ein Boot vom

gleichen Typ wie unseres vor Anker. Die Leute darauf waren laut. Mit freiem Auge konnte man erkennen, daß die zwei Frauen, die am Mast lehnten, nichts außer ihre Bikinihöschen trugen. Vor allem die eine, mittelbreite Hüften, schwarze Haarkrause, hatte ziemlich ansehnliche Appetithappen vorne am Brustkorb hängen. Ich dachte an Katharinas Nippelringe aus Weißgold, an die geblümte Kochschürze, die sie sich manchmal umhängte, und fragte mich, ob die beiden da drüben genug Geld hätten, um siebzehnhundertfünfzig pro Termin zu bezahlen, alles inklusive. Der Kapitän tat so, als trage er plötzlich Scheuklappen und sehe die beiden Grazien nicht. Dabei war seine eigene Frau weit hinten in der Kombüse und bereitete mit dem Koch das Nachtmahl vor. Der Kapitän reichte mir eine weiße Fadenspule mit Schwimmer und zwei kleinen Haken dran. »Try«, sagte er und lachte, »put bread on it and try. Catch fish. Small fish. Only half a meter.« Ich gab ihm die Spule zurück. »I cannot kill fish«, sagte ich, »thank you, but I really cannot kill fish.« – »Tonight«, sagte der Kapitän, »I will catch fish, yes, tonight.«

Einem pensionierten ehemaligen Justizwachebeamten an der türkischen Küste gleichzeitig Heptadon und Vendal zu spritzen, – das war Big Game, und nicht irgend so ein komisches Fisch-am-Schwanz-Hochziehen. Kossitzky lächelte glücklich. Fotografiertwerden kam allerdings nicht in Frage.

Die Überraschung zum Nachtmahl war, daß gegrillt wurde. Der Koch hatte, wo auch immer, eine uralte, verkrustete Stahlblechwanne samt Rost aufgetrieben und Feuer gemacht. Ich mache mir ansonsten nicht allzuviel aus Gegrilltem, doch die kleinen Fleischlaibchen und die Geflügelspieße, die aufgelegt wurden, schmeckten vorzüglich. Isabella hielt sich ebenfalls ziemlich ran. Auch vom Reis und von den Folienkartoffeln, die es als Beilage gab, schaufelte sie Berge ein. Ab und zu sah sie Kossitzky in einer eigenartigen Weise an. Einmal schloß sie für einen kurzen Moment die Augen und murmelte ein einziges Wort. Ich bildete mir ein, es war ›Haftprüfungsverhandlung‹. Kossitzky selbst aß vier oder fünf winzige Stückchen Hühnerfleisch und ein bißchen Salat, davon hauptsächlich die Petersilienblätter. Er war gehirnmäßig wiederum klar und gut orientiert. Dennoch sah er aus, als habe er in den wenigen Tagen, die wir unterwegs waren, zwanzig Kilo abgenommen.

Auf dem Schiff nebenan wurde vorsintflutliche Musik gespielt. Ich erkannte nur ›Skybird‹ von Neil Diamond. Der Rest klang auch nicht besser. Zwischendurch sprangen die meisten unserer Nachbarn unter Gebrüll ins Wasser, manche zehnmal hintereinander. Am Schluß wurde jemand abgefeiert, Sektkorken knallten, und alle sangen: »Happy Birthday, lieber Herrmann, happy Birthday to you.« Vielleicht durfte Herrmann zu seinem Geburtstag alle nackten Titten durchprobieren.

Zum Dessert plazierte die Frau des Kapitäns eine riesige runde Pfanne in die Mitte des Tisches. Sie nahm den Deckel ab, goß, bevor wir richtig schauen konnten, eine halbe Flasche Weinbrand darüber und zündete an. Eine Zeitlang stand eine mächtige blaue Flamme über dem Tisch. Wir applaudierten, und die Frau des Kapitäns freute sich. Unter der Flamme kam ein frischer Biskuitkuchen, dreifingerdick belegt mit geschnittenen Feigen und Honigmelonen, zum Vorschein. Ich dachte an Victoria. Sie war mit derlei Süßigkeiten noch am ehesten aus ihren schlimmen Zuständen zu holen. Die meisten beherzigten das. Nur wenn Sally im Dienst war, bekam Victoria nichts. Kossitzky behauptete, er habe sich noch nie etwas aus süßen Sachen gemacht. Er trank Schnaps, eine Spur langsamer als sonst. Isabella futterte mit einem großen Löffel, bis ihre Wangen glühten. Die Frau des Kapitäns sah sie an, als wolle sie sie adoptieren. Ich beneidete sie. Außerdem tat mir der Bauch weh. Der Koch hatte eine Kassette mit türkischer Musik eingelegt und sang dazu. Der Kapitän tanzte mit seiner Frau. Irgendwie war die Stimmung nach einem Feuerwerk, doch keiner hatte eins dabei, auch die Leute auf dem Nebenschiff nicht.

Cherim und der Kapitän ließen das Polyesterbeiboot ins Wasser, das am Heck des Schiffes hing. Ich schlüpfte in meine Timberland Annapolis, um sie auf See wenigstens einmal getragen zu haben, und stieg zum Kapitän ins Boot. Kossitzky folgte mir. Vorhin, als gefragt worden war, wer zum Fischen mit hinausfahre, hatte er kein Wort gesagt. Isabella lag mit Calvin und Hobbes auf der Matratze. Sie schien das Album auswendig zu lernen und weigerte sich mitzukommen. Irgendwie verstand ich es. Schließlich war nicht wirklich eine Galapagos-Riesenschildkröte zu erwarten.

Der Außenbordmotor hatte ein seltsam melodisches Klingen in seinem Geräusch, wie von einer hohen Gitarrensaite. Es schien den Kapitän nicht zu stören. Er steuerte in einigen flachen Bögen aus dem Pferdekopf hinaus.

Vom Land strich ein warmer Wind herab. Schräg vor uns sah man die Lichter eines Dorfes. Der Himmel war knallvoll mit Sternen, und der Mond stand als haarfeine Sichel über uns. Abnehmend, wenn ich mir die Eselsbrücke mit dem kleinen a richtig gemerkt hatte. Magersüchtig. Ziemlich am Ende seiner Magersucht, genau genommen. Sallymoon.

Der Kapitän stellte den Motor ab und ließ das Boot ausgleiten. Er warf beide Angeln aus, die eine links, die andere rechts. Jene mit den Federblinkern als Köder drückte er mir in die Hand. »Slowly pull in«, sagte er und zeigte mir, wie die Multirolle zu bedienen war, »very slowly pull in.« Ich kurbelte, hielt inne, kurbelte wieder. Kossitzky saß da, mir gegenüber, und rauchte eine Zigarette. Sein Gesicht war ein blasser Fleck, Genaueres konnte man nicht erkennen. »Bist du früher einmal fischen gegangen?« fragte er. Ich tat, als müsse ich nachdenken: »Meine Mutter behauptet, daß mich mein Vater seinerzeit manchmal an die Donau mitgenommen hat. Als ich vier war oder fünf. Aber ich kann mich nicht wirklich daran erinnern.« Ich hatte den Köder bald wieder an Bord geholt. Zu schnell gekurbelt. Ich schickte mich an, selbst auszuwerfen, doch der Kapitän fiel mir in den Arm. »Too dangerous«, sagte er, »many hooks.« Er warf für mich aus. Man hörte das Glucksen, als Blei und Blinker die Wasseroberfläche durchschlugen. Sehen konnte man die Stelle nicht. Er ließ die Leine ziemlich lange ablaufen, bevor er den Arretierungshebel umlegte und mir die Rute zurückgab. Kurbeln. Innehalten. Kurbeln. »Kannst du dich an den Tag erinnern, an dem wir uns kennengelernt haben?«

fragte Kossitzky. »Ja«, gab ich zur Antwort, »ja, es war Weihnachten.«

Ich war meiner Mutter zuliebe mitgegangen. Sie hatte mich angefleht, es sei Heiliger Abend und sie wünsche sich auch sonst nichts von mir und sie werde nicht mehr herumkritteln und meine Entscheidungen akzeptieren und so fort. Außerdem hatte sie es tatsächlich nicht leicht gehabt in den letzten Monaten: Ich hatte wenig Routine in meinen Kundenkontakten und sah vielleicht noch ein Stück jünger aus, daher mischten sich alle möglichen Leute, die das ganze an und für sich nichts anging, ein, und es stand zu Hause permanent das Jugendamt in der Tür. Dann erwischten sie mich insgesamt dreimal, Parfümerie Rotenturmstraße, Taschengeschäft Wollzeile und schließlich im Swatch-Shop in der Südstadt. Polizei hin und Pflegschaftsgericht her, am Ende hatte es jedenfalls den Beschluß gegeben, mich in die WG zu stecken, und das war meiner Mutter auch nicht hundertprozentig egal gewesen, denke ich.

Ich hatte meinen Stiefvater seit jenem Tag im August, an dem sie ihn abgeholt hatten, nicht mehr gesehen. Ich war auch der Hauptverhandlung ferngeblieben. Meine Mutter hatte mir erzählt, er habe ein Jahr und neun Monate unbedingt bekommen und mit keiner Wimper gezuckt. Ich hatte mir noch am selben Tag vom Parkplatz vor dem Schnellbahnhof Hetzendorf eine weiße Vespa mit silbernen Streifen genommen und war damit bis San Casciano gefahren, einem mittelgroßen Dorf südwestlich von Florenz. Dann eine mißglückte Damenhandtasche, Polizei, Jugendamt, Abholung, Heimtransport, das Übliche halt.

Wir saßen in diesem großen, hellgrün ausgemalten Besucherzimmer, neben uns acht oder dreizehn andere Familien, Kerzen, Pakete. Meine Schwester trug ein rosa Plüschkänguruh mit sich herum und ließ es ab und zu quer durch den Raum hoppeln. Das ging ihm sichtlich auf die Nerven. Er selbst sah ansonsten aus, als verbringe er täglich mehrere Stunden mit Hanteln, Langbank und Rudergerät. Meiner Mutter wanderten rote Flecken übers Gesicht, und sie kriegte keinen richtigen Gesprächsfluß zustande. Sie hatte sich auf seriös zurechtgemacht: knielanges dunkelgraues Kleid, schwarze Weste mit eingestrickten Goldfäden, doch das schien er nicht wahrzunehmen. Er ließ die Geschenke ungeöffnet, gab einige Bestellungen ab, Zeitschriften, Zigaretten, Socken und so fort und stand nach kaum zwanzig Minuten auf. In der Tür sah er mich zum ersten Mal direkt an. Er grinste. »Freust du dich auf Weihnachten?« fragte er. »Ich denke schon«, sagte ich und starrte an die Wand hinter seinem Kopf. Er packte mich am Kinn. »Lieber Knabe«, sagte er ganz langsam, »wenn ich draußen bin, wird das Christkind öfter zu dir kommen.« Als wir uns zum Gehen wandten, sah ich den gedrungenen älteren Mann in Anzug und Krawatte, der da schräg gegenüber auf dem Gang stand. Er löste sich aus seiner Aufmerksamkeit und trat auf mich zu. Er holte einen kleinen Zettel aus seiner Sakkoinnentasche, kritzelte etwas drauf und reichte ihn mir. »Ich bin hier bei der Justizwache«, sagte er, »ruf mich an.« Auf dem Zettel standen eine Telefonnummer und ›Frohe Weihnachten‹. Ich hatte bis dahin nicht gewußt, daß es so was wie eine Justizwache gab.

»Drei Tage später habe ich Ihnen die ersten Sachen erzählt«, sagte ich.

»Weißt du noch, was es war?«

»Nicht wirklich. Ich denke, die Geschichte mit der Autotüre war dabei.«

Kossitzky schien nicht sicher zu sein. Ich war drauf und dran, ihn um eine Zigarette zu bitten, als beim Kapitän etwas anbiß. »Middle size fish«, sagte der Kapitän, nachdem er begonnen hatte zu drillen. Für einen Middle size fish bog sich die Rute ganz schön. Ich stellte mir einen Mini-Merlin vor oder einen Katzenhai und brachte den Kescher in Stellung. Was der Kapitän schließlich mit einem kurzen Schwung an Bord warf, ohne daß ich zum Einsatz gekommen wäre, entpuppte sich unter dem Schein der Stablampe als hochrückig, dezent quergestreift und knapp fünfzig Zentimeter lang. »Barsch?« fragte ich. »Brasse?« fragte Kossitzky. »Middle size fish«, sagte der Kapitän und erledigte ihn mit einem Holzknüppel, den er aus der Truhe unter der vorderen Sitzbank holte. Bei mir war wieder nichts dran.

Wir wechselten einmal die Position und fuhren ein Stück in die Richtung der Lichter jenes Dorfes. Ab und zu trug der Wind einen Fetzen Musik zu uns herüber. Kossitzky hatte die Ellbogen auf seine Oberschenkel gestützt und schien mich anzusehen. »Ich hätte gern eine Zigarette«, sagte ich. Er klopfte mir eine aus der Packung, gab dem Kapitän eine und zündete sich auch noch eine an. Ich zitterte.

»Du willst wissen, wie es passiert ist«, sagte er.

Ich nickte. Ich weiß nicht, ob er es sehen konnte.

Am Anfang waren es die üblichen Sachen gewesen: Sacharin ins Püree, Salz in den Frühstückskaffee, Schmierseife aufs Klopapier, Reißnägel ins Bett. Nach der Stahlrutengeschichte war erst die geriebene Walnuß in die Schokoladecreme geraten, kurz danach die zwei kleinen Erdbeeren zerquetscht in den Tomatensalat. Die Walnuß hatte er auf der Krankenstation bewältigt, nach den Erdbeeren hatte er mit Notarzt ins Spital gebracht werden müssen.

»Zu diesem Zeitpunkt habe ich gedacht, es ist genug«, sagte Kossitzky.

»Dann habe ich den Rest erzählt.«

Kossitzky nickte.

»Ja, dann hast du den Rest erzählt.«

»Die Geschichte von den Freiern meiner Mutter.«

»Ja, die Geschichte von den Freiern deiner Mutter.«

»Und vom Fotografieren.«

»Und vom Fotografieren.«

»Und auch das andere.«

»Ja, am Schluß auch das andere.«

Ich mußte ganz schnell an Gianluca Vialli denken, an Gott Gott Gott Vialli und fünfundzwanzigtausend Stoßgebete für meine Schwester zu ihm schicken, sie sollte es gut haben im Leben, gut gut gut.

»Und dann?«

»Dann habe ich den Speiseplan studiert«, sagte Kossitzky. Er hatte zuletzt zwischen Gulasch und einem mexikanischen Bohneneintopf geschwankt und sich für das Gulasch entschieden, im Grunde nur, weil es früher dran war. »Es war ein Donnerstag«, sagte Kossitzky,

»ein klarer, viel zu warmer Donnerstag in der letzten Novemberwoche. Ich hatte genau zehn Tage zu warten gehabt.«

Er hatte am Morgen ein Kilogramm Walnüsse und zwei Kilogramm Erdbeeren genommen, die Nüsse fein gerieben und mit den Erdbeeren im Mixer zu Frappé verarbeitet. Und er hatte nur ganz kurz an das Vermögen gedacht, das die Erdbeeren gekostet hatten, und an den Zungenschlag des Verkäufers im Feinkostladen, als er sagte ›Südspanische Glashauserdbeeren‹. Es war ihm egal gewesen. Am späten Vormittag schickte er den Koch unter dem Vorwand, es gebe eine offizielle Beschwerde gegen ihn, zum Personalvertreter und rührte den Brei in jenen Topf, aus dem die zweiundsechzig Häftlinge des Traktes ausgespeist werden sollten. Zwanzig vor zwölf, fünf Minuten bevor das Rudel eingelassen wurde, begab er sich selbst in den Speisesaal, ließ sich einen Schöpfer Gulasch geben und begann, an die Wand gelehnt, im Stehen zu essen.

»Er hat sich eine Riesenportion genommen und gierig in sich hineingeschlungen«, sagte Kossitzky, »es war wie im Film.«

»Und dann?«

»Dann war nichts.«

»Nichts?«

»Nein. Nichts. Er ißt fertig, schmiert mit einem Brotrest den Teller aus, wischt sich den Mund ab. Er steht auf, geht nach vorn, holt sich die Nachspeise, ich glaube, es war Karamelpudding, und setzt sich wieder an seinen Platz. Er nimmt den ersten Löffel Karamelpudding, langsam und genüßlich, und in diesem Augenblick sehe ich an seinen Augenlidern, daß die Sache abzulaufen beginnt. Er selbst merkt es zehn Sekunden später. Er setzt an zu einem großen Erschrecken, doch da bekommt er schon keine Luft mehr. Er steht da, wird flammend rot, streckt die Arme seitlich von sich und scheint am ganzen Körper anzuschwellen wie ein Luftballon. Er pfeift und gurgelt und pfeift und gurgelt und dann nicht einmal mehr das. Er kippt nach hinten und wird von einigen Kollegen knapp über dem Boden abgefangen. Wie er so daliegt, trete ich zu ihm, lege meine Finger an seinen Hals, der jetzt violett ist, und fühle nichts. Ich nähere meine Wange seinem Mund und seiner Nase, wie die Kriminalkommissare es üblicherweise tun, um den Atem zu prüfen. Solange er noch hören kann, flüstere ich ihm geschwind etwas ins Ohr. Ich sehe, daß ihm im rechten Mundwinkel zwei Erdbeerkernchen hängen. Ich richte mich auf und schüttle den Kopf. Ich sage noch etwas wie ›zu spät‹ oder ›einen Arzt bitte‹ oder so ähnlich. Dann gehe ich.«

Kossitzky nahm hastig einen letzten Zug von seiner Camel und schnippte den Stummel über Bord. Meine eigene Zigarette war mir längst erloschen oder runtergefallen oder erst das eine, dann das andere.

Der Kapitän pfiff leise und tat heftig an der Rollenarretierung herum. Das Boot schaukelte. Er schien wieder etwas dran zu haben.

»Was haben Sie ihm ins Ohr geflüstert?« fragte ich.

»Schöne Grüße habe ich ihm ausgerichtet«, sagte Kossitzky.

»Schöne Grüße? Von wem?«

»Das sage ich nicht.«

Der Fisch war eine Spur länger und deutlich schmäler als der erste, eher makrelenartig. »Very good fish«, sagte der Kapitän, »we eat tomorrow.« Er fing prompt mit dem nächsten Auswurf ein zweites Exemplar derselben Sorte. Ich war ohne Beute geblieben.

Kossitzky gab dem Kapitän zu verstehen, er wolle zurück zum Schiff, er fühle sich nicht wohl. Wir holten die Leinen endgültig ein.

»Weißt du, worum es mir ein wenig leid tut?« fragte mich Kossitzky.

»Ja«, sagte ich, »ich weiß es.«

»Und? Was, denkst du, ist es?«

»Daß Sie seine Augen nicht sehen konnten«, sagte ich, »es tut Ihnen leid, daß Sie am Schluß seine Augen nicht sehen konnten. Sie waren nämlich komplett zugeschwollen.« Kossitzky lachte. Dann bekam er einen Hustenanfall, und er lachte und hustete und krümmte sich zugleich. Der Kapitän startete den Außenbordmotor. Klingklang, hohe Gitarrensaite, wie gehabt. Auf dem Schiff Heptadon, Vendal, wie gehabt. Die ›Happy-Birthday-lieber-Herrmann‹-Partie hatte sich zur Ruhe begeben.

7

Es hatte eben zu dämmern begonnen, als Kossitzky mich weckte. Er kniete vornübergebeugt an meiner Matratze, würgte und roch nach Schnaps. Am linken Unterarm hatte er zwei lange, parallel verlaufende Kratzer, die frisch wirkten, die er jedoch gar nicht wahrzunehmen schien. Er sah nach unmittelbarem pharmakologischem Handlungsbedarf aus. Standardmischung. Eins plus eins. Ich mußte mit dem Zeug ein wenig haushalten. Im Wegtauchen nahm ich mit einer kleinen Verwunderung wahr, daß der Motor stampfte und wir bereits unterwegs waren.

Ich stehe an eine Mauer gelehnt und habe ein Haustor auf der anderen Seite der Straße im Auge. Meine Mutter tritt heraus. Sie trägt irgendwas enganliegendes Goldfarbenes. Meine Schwester und ein fremder Mann sind bei ihr. Meine Schwester reißt sich los und rennt auf die Straße. Ein mächtiger graubrauner Straßenkreuzer braust daher, bremst. Es ist nicht klar, ob meine Schwester tot ist oder nicht. Ich laufe hin, um sie zu suchen, da beginnt der Mann auf mich zu schießen. Die Tür des Autos schwingt auf, ich springe geduckt hinein, und wir brausen davon. Am Steuer sitzt Philipp. Sein Feuermal glüht. Er lacht und klammert sich dabei an das weiße Speichenlenkrad. Ich wende mich um und sehe an der Heckscheibe des Autos die Kugeln rot zerplatzen, so als wären es reife Kirschen. Philipp drückt einen schmalen Hebel neben der Handbremse nach unten, um die Stoßdämpfer zu verstellen, wie er sagt. Der Wagen beginnt auf und ab zu schwingen, und die Straße vor uns ist zu einem Fluß geworden. Philipp sieht mich an, kann sich gar nicht halten vor Lachen, und ich habe das Gefühl, ich müßte eigentlich wissen, warum.

Isabellas Beine lagen quer über meinen Unterschenkeln, als ich erwachte. Sie atmete ganz ruhig. Neben ihrem Mund befand sich ein kleiner dunkler Speichelfleck auf dem Kopfpolster. Ich schälte mich aus der Decke, kroch unter dem blauen Planendach nach vorn und setzte mich an den Fuß des Mastes. Die Sonne war eben aus dem Meer gekrochen und wirkte noch ganz kühl. Wir fuhren in einer weiten Linkskurve auf eine tiefe, nordöstlich ausgerichtete Bucht zu, der wie ein Trupp Wachsoldaten eine Gruppe Felsen vorgelagert war. Der Koch ging rundherum, läutete mit der Essensglocke und rief immer wieder: »Porta Cineviz, Porta Cineviz.« Cherim hockte sich neben mich hin und sagte, das heiße soviel wie die Genuesenbucht, was wiederum bedeute, daß wohl irgendwann einmal die Genuesen hier gewesen sein müßten, so perfekt wisse er das allerdings auch nicht. Die Bucht hatte etwas von dem, wie ich mir einen Fjord vorstellte: das Wasser tiefblau und zu beiden

Seiten steile Felswände. An ihrem Ende lief die Bucht in einem vielleicht hundert Meter breiten Sandstrand mit einem winzigen Wäldchen im Hintergrund aus. Der Kapitän steuerte langsam hinein und gab an dem Punkt, an dem sich die Farbe des Wassers ins Türkise veränderte, das Signal zum Ankern. Nach dem Motorabstellen machte er den Eindruck, als habe er soeben eine Schlacht gewonnen. Der Koch spannte mit Hilfe des Beibootes ein Seil vom Heck des Schiffes zu einem Eisenring, der gut einen Meter über der Wasserlinie in den Felsen eingelassen war. Man hörte ihn fluchen, als die ersten beiden Male der Knoten nicht hielt.

Beim Frühstück erklärte die Frau des Kapitäns, an diesem Strand wachse Scilla maritima, die Meereszwiebel, eine Pflanze, von der die Seefahrer seinerzeit behauptet hätten, sie heile sogar die schwarze Pest. Alle lächelten ein wenig, nur Kossitzky war aufmerksam. »Wie sieht sie aus?« fragte er. Die Frau des Kapitäns sagte, sie wisse es selbst nicht so genau, es heiße nur, sie blühe selten und sei für den Uneingeweihten giftig. »Jetzt bin ich ein Eingeweihter«, sagte Kossitzky, »jetzt kann mir nichts mehr passieren.« Er hatte am Nacken und an den Innenseiten seiner Unterarme feine rote Tupfen, die aussahen wie winzige Blutspritzer.

Cherim, der die ganze Zeit schon ein wenig nervös gewirkt hatte, klopfte schließlich auf den Tisch und sagte, Scilla irgendwas sei ja gut und schön und für Blumen habe er immer schon viel übrig gehabt, doch für das Tagesprogramm sei es wichtig, nicht allzu spät wegzukommen, denn in der Mittagshitze sei das ganze ziemlich witzlos. »Tagesprogramm?« fragte ich.

»Ja«, sagte er, »habt ihr gedacht, wir tun heute nichts?«

»Du meinst tatsächlich: Tagesprogramm wie Schlucht und Schilfdickicht und morsche Säulen?«

»Das Feuer der Chimäre«, sagte Cherim, »nicht Schlucht und Säulen, sondern das Feuer der Chimäre, oben in den Bergen.« Auf einem winzigen Plateau hoch über dem Meer gebe es hier eine Stelle, an der über einer Öffnung im Fels eine Flamme brenne, ewig und unauslöschlich. Man sage, die Öffnung führe zur Höhle, in der die Chimäre hause, jenes feuerspeiende Wesen, das Kopf und Körper eines Löwen und den Schwanz eines Drachen besitze. Man werde mit einem Jeep hinaufgebracht und folge dann noch eine Viertelstunde lang einem Bergpfad. »Es ist etwas, das man sein ganzes Leben nicht mehr vergißt«, sagte Cherim. Auf Dinge, die ich mein ganzes Leben nicht vergesse, kann ich verzichten, dachte ich. Außerdem stellte ich mir eine Rohrleitung vor, die vom türkischen Zentralgaswerk direkt unter das Loch im Stein führte, und hinter dem nächsten Felsblock saß ein staatlich geprüfter Chimärenflammenanzünder in Uniform und putzte sein Dienstfeuerzeug. Das sagte ich allerdings nicht.

Isabella hüpfte auf und ab und sagte, sie wolle unbedingt zu diesem Feuer. Sie machte nicht den Eindruck, als tue sie es Cherim zuliebe. Ich denke, es hatte vielmehr mit diesem Halb-Löwen-halb-Drachen-Vieh zu tun, und sie war drauf und dran, von den Galapagos-Riesenschildkröten wieder abzugehen. Kossitzky blickte sich permanent um, als sei diese Chimäre hinter ihm her. Vor seinen Ohren zogen sich Schweißspuren zu den Kieferwinkeln hinunter. »Scilla«, sagte er mehrmals, »Scilla, Scilla.« –

»Scilla maritima«, sagte die Frau des Kapitäns, »Scilla maritima, I know, I worked in a pharmacy.« Kossitzky erkundigte sich bei Cherim nach einer Schaufel, mit der er nach den Zwiebeln graben könne. Cherim zuckte die Schultern und fragte die anderen. Der Koch kramte herum und brachte einen verbeulten, hellgrün emaillierten Blechnapf mit Stiel zum Vorschein. Kossitzky war zufrieden. Er packte zum Napf ein Liegetuch, eine Flasche Raki und eine Flasche Wasser in seine Leinenstrandtasche. »Eine doppelte Dosis bitte«, sagte er schließlich, setzte sich auf den Vorderdeckaufbau und hielt mir seine rechte Ellenbeuge hin. »Einmal Vendal, einmal Heptadon, wie üblich?« fragte ich nach. »Nein«, sagte er, »das ganze mal zwei. Es soll möglichst lang anhalten, und ich möchte eine Weile graben können.« Ich spritzte langsam und schaute Kossitzky immer wieder in seine gelben Augen. Ich wollte nicht, daß er zusammenklappte. Die Frau des Kapitäns sah genau zu. Irgendwie begriff sie, daß die Aktion mit Zwiebeln und homöopathisch und so nichts zu tun hatte. Unten in der Kajüte hatte ich nachgezählt. Wir besaßen noch drei Ampullen Heptadon und zwölf Ampullen Vendal. Das war einigermaßen beruhigend.

Als Cherim versuchte, mich mit mythologischen Argumenten zum Mitkommen und Flammenbestaunen zu bewegen, schüttelte ich den Kopf, murmelte erst etwas von müde und Schwimmen und genug von Wanderungen und sagte am Ende, ich sei perfekt gesättigt von griechischen Überresten und Bergpfaden, also nein danke. Er drehte mir beleidigt den Rücken zu, gab Isabella ein Zeichen und stieg als erster ins Beiboot. Sie brachten Kossitzky an Land und verschwanden dann in einer ziemlich großkotzigen Schleife aus der Bucht. Ich sah Kossitzky mit einer Hand die Augen abschirmen und aufs Meer hinausblicken. Möglicherweise hatte er seine Sonnenbrille vergessen. Nach einer Weile wandte er sich um und ging quer über den Strand auf die ersten Bäume zu.

Ich warf mich vorerst auf die Matte und gab mir Swordfishtrombones und Calvin & Hobbes bis zum Ende: Calvin steht in voller Adjustierung, Schirm und Stiefel und Vollvisierkapuze, in einem Regenguß, und als nach drei Minuten die Sonne scheint, steht er immer noch da, einfach so. He went down down down/ and the devil called him by name./ He was always cheatin'/ and he always told lies/ he went down down down/ this boy went solid down./ He went down down down/ and the devil said where you been/ he went down down down/ this boy went solid down. ›Und so stand er für den Rest des Tages in grotesker Montur da‹. Scheiße. Ich dachte an Revolver und Stahlruten und Schlagringe und Baseballkeulen und all das Zeug und an meine Schwester und Moosgummi auf den Rippen und rote Haare und wasserhelle Zellen. Ich schnappte die Maske, den Schnorchel und die Flossen und warf mich rücklings über Bord.

Ich begann bei der Felsgruppe am Eingang und schnorchelte die ganze Bucht aus. Ich stieß auf einige Klippfische, die sich blitzschnell im Kies vergruben, sobald sie mich bemerkten, auf jede Menge Hornhechte, ein neugieriges Goldbrassenpärchen und auf einen mehr als handgroßen dunkelgelben Seestern, dem ein Arm abgebrochen war.

Den Octopus bemerkte ich eher zufällig, als ich versuchte, einen der Klippfische zu verfolgen. Er hockte in unmittelbarer Nachbarschaft von zwei Seeigeln hinter einem kantigen Block und schaute mich an. Ich sandte ihm mit der Flosse einen Wasserwirbel. Er begann zu flüchten. In kräftigen Stößen schwamm er dahin, immer die Felsen entlang und immer eine Körperlänge vor mir. Er selbst war etwa so lang wie mein Arm, sandfarben, und trug dort und da einen kreisrunden dunklen Fleck. Ich begann mich schon mit dem Gedanken anzufreunden, er könne die Bucht verlassen und ich zum Umkehren gezwungen sein, ohne ihn berührt zu haben, als sich hinter einem klippenartigen Vorsprung diese Höhle auftat. Sie war eigentlich nichts anderes als ein kurzer, sanft gebogener Felsdurchschlupf, den man offenbar durchschwimmen konnte, wenn man nur links und rechts ein wenig auf die Wände achtete. Der Octopus tauchte ein in das Dämmerlicht, ich hinterher. Er schien kurz zu zögern und schoß dann schräg nach unten, direkt zu auf eine dunkle Öffnung in dem unregelmäßigen Sandboden. Er wirbelte ein wenig Staub auf und verschwand in dem Loch. Ich nahm zwei Lungen voll Luft. Was machte man mit einem Octopus? Ich tauchte ab, stieß mit der rechten Hand in das Loch, bekam aber nichts zu fassen. Beim Zurückziehen öffnete ich die Faust nicht rechtzeitig und blieb hängen. Für einen Augenblick erfaßte mich Panik. Ich rüttelte, rüttelte, rüttelte. In dem Moment, in dem ich freikam, merkte ich, daß die ganze Sache da unten sich bewegte.

Ich tauchte auf, atmete ein und ging wieder hinab. Ich griff mir den Rand des Loches und zog nach oben, so kräftig ich konnte. Irgend etwas gab nach, eine Sandwolke stieg auf. Der Octopus schoß eine Handbreit vor meinen Augen vorüber. Er zog eine dünne Tintenspur hinter sich her. Ich verspürte für eine Sekunde den Impuls, loszulassen und ihm zu folgen. Dann merkte ich, daß da etwas an meiner Hand hing, das weder ein antiker Ölkrug noch eine angeschwemmte Fischreuse war. Das Ding war nennenswert schwer, bauchig, auf der einen Seite mehr als auf der anderen, die stärkere Wölbung rotbraun, die Gegenseite ockergelb. Es war vielleicht einen Meter lang, vielleicht auch ein wenig mehr. Ringsherum war jetzt, da der Sand komplett abgeglitten war, eine grobe, regelmäßige Felderung zu sehen.

Schnabelkiefer und türkische Wachsoldaten und don't disturb und Isabellas Kreuzbeinpolster und Tränen hin und Tränen her. Ich war dabei, einen Schildkrötenpanzer zu bergen.

Ich schwamm abwechselnd auf dem Rücken und seitlich und transportierte den Panzer das Felsufer entlang zum Sandstrand zurück. Zwischendurch legte ich ihn einmal auf einem Schopf Seegras ab, um zu rasten. Ich strich mit der flachen Hand über die buckelige Oberfläche. Sie fühlte sich besser an als alles andere, besser sogar als Moosgummi, besser als Jasmins Titten sowieso, um Lichtjahre besser.

An Land war das Ding noch ein gutes Stück schwerer. Ich kippte es, um es durch die Hinteröffnung zu entleeren, und schleppte es die flache Böschung hinauf. In der Sonne schimmerten manche Stellen weiß-silbrig, wie Perlmutt. Eine große Heuschrecke ließ sich unter heftigem Geschnarre vor mir im Sand nieder. Ich wich ihr aus. Irgendwo auf dem Berg blökte eine junge Ziege.

Kossitzky war tot. Er lag unter der zweiten Tamariske, die da wuchs, den Kopf zur Seite gedreht, die Lidspalten eine Spur geöffnet. Rings um ihn waren Löcher in der Erde. Am Fuß des Baumes stand der hellgrüne Napf. In ihm befand sich eine Handvoll erdiger brauner Blumenzwiebeln. Ich preßte meine Finger an Kossitzkys Hals und hielt ihm meine Wange vor Mund und Nase. Das war ich ihm gewissermaßen schuldig. In der oberen Hälfte seiner Brustkorbvorderseite sah man dicht stehend fingernagelgroße rote Flecken, ebenso an den Innenflächen der Unterarme, wo er zuvor diese feinen Punkte gehabt hatte. Ich zerrte den Schildkrötenpanzer neben ihn hin und setzte mich drauf.

Ich dachte an Sigi Lorenz, den langen Glatzkopf ohne Augenbrauen, an die dicke Monika Weihs, die am Schluß gar nicht mehr dick gewesen war, und an Ronnie Jackettkrone, von dem es hieß, er sei früher einmal Psychotherapeut in einer Drogenberatungsstelle gewesen. Sie alle hatten die Augen halboffen gehabt, Monika vielleicht am wenigsten, und Ronnie war überhaupt so dagelegen wie Kossitzky, den Kopf zur Seite gedreht, die Handflächen nach oben.

Das Buch herbeidenken, die richtige Seite aufschlagen, eintauchen und den Bogen der Bucht ausschwimmen, zurück zu jener Höhle. Absteigen zur Stelle, an der sich der Panzer befunden hat. Ich sehe die flache Senke im Boden, daneben Wölbungen und Löcher und dort und da die Andeutung einer geometrischen Felderung. Ins Licht, das durch die eine Höhlenöffnung herabfällt, schiebt sich plötzlich ein Schatten. Ich blicke auf und sehe schräg über mir ein leuchtendes Wesen, die Flügel weit ausgebreitet, einen Kranz von Sonnenstrahlen um den Kopf, halb Vogel, halb Schildkröte. Ich lasse mich ohne eine Bewegung nach oben treiben und habe schließlich diesen Schädel vor mir, das Maul, das vorne sanft nach unten gezogen ist wie ein Schnabel, und ein großes dunkles Auge, aus dem mich das Tier anschaut, ein wenig erstaunt und ein wenig wie damals der türkische Soldat.

Aus der Ferne war das Singen des Außenbordmotors zu hören. Ich erhob mich von meinem Sitz und kraulte zum Schiff zurück. Ich wußte, was zu tun war.

Der Koch stand in der Kombüse und tat an den Fischen herum, die wir in der Nacht gefangen hatten. Der Kapitän und seine Frau waren nirgendwo zu sehen. Ich stieg in meine Kajüte hinab. Ich nahm meine blaue Kipling-Umhängetasche und packte den Revolver, mein Victorinox-Klappmesser und die rote Schatulle mit dem graugrünen Hornstilett hinein.

Mir selbst die Hornhaut eines Mörders einpflanzen, die Baseballkeule nehmen und sie dem Koch über den Schädel ziehen. Das Gesicht fällt genau auf die Fische, die vor ihm auf der Abtropffläche der Spüle liegen. Dann von Kajüte zu Kajüte gehen, den Kapitän und seine Frau aufspüren und die beiden auf die gleiche Weise erledigen.

Isabella und Cherim kletterten die Hängeleiter hoch. Sie wirkten beide ziemlich fertig. Cherim legte sich aufs Vorderdeck, um zu schlafen. Er würdigte mich nach wie vor keines Blickes. Isabella erzählte, das Feuer habe tatsächlich gebrannt, aus einer kleinen Spalte inmitten einer tafelförmigen Felsplatte. Die Flamme sei klein und blau gewesen. »Wie von einem Gasbrenner«, sagte ich. »Woher weißt du das?« fragte sie. Ich lachte.

»Die Chimäre ist meine Mutter.«

»Trottel!«

»Ich brauche deine Hilfe«, sagte ich, »dringend.«

Isabella ging und holte die Baseballkeule aus ihrem Koffer. Ich nahm den Flachmeißel aus der Kiste neben der Ankerwinde und steckte am Schluß noch den Discman zu den anderen Sachen. Wir stiegen ins Beiboot, lösten die Leine und ruderten mit den beiden Stechpaddeln, die sich an Bord befanden, zum Strand hinüber.

»Caretta caretta«, sagte Isabella, als sie den Schildkrötenpanzer sah. »Bist du sicher?« fragte ich. »Fast«, sagte sie, »fast sicher.« Zu Kossitzky sagte sie gar nichts.

Wir hoben erst mit den Händen und mit dem hellgrünen Stielnapf eine körperlange Grube aus. Es ging ganz leicht. Der Boden war locker, keine Steine, kaum Wurzeln. Wir fanden dabei noch eine große und vier kleine Meereszwiebeln. Danach spalteten wir den Schildkrötenpanzer der Länge nach. Dazu stellten wir ihn auf eine Seitenkante und klemmten ihn zwischen unseren Knien fest. Isabella setzte den Meißel auf die Verbindungsstrecke zwischen Brust- und Rückenteil, und ich schlug mit der Baseballkeule drauf. Das Aluminium bekam eine Schramme nach der anderen, der Panzer splitterte an mehreren Stellen. Ich dachte an Calvin & Hobbes, an amoklaufende Basebälle und daran, daß man auf Abartigkeit nie vorbereitet ist, selbst dann nicht, wenn man sie sucht.

Schließlich hatten wir die beiden Panzerteile nebeneinander liegen, Abschürfungen an den Innenseiten unserer Knie und Blutblasen an den Händen. Zumindest Isabella hatte eine, direkt neben ihrem Daumennagel. Ich ging zum Beiboot, das wir an Land gezogen hatten, und schnitt mit dem Taschenmesser ein zirka drei Meter langes Stück der Halteleine ab. Wir zogen Kossitzky an den Beinen in die Grube. Dort packten wir ihn in den Schildkrötenpanzer, das heißt, wir richteten seinen Oberkörper auf, legten ihm den Brustschild des Panzers auf den Rücken und den Rückenpanzer vorne über Brust und Bauch, schlangen die Leine zweimal herum und knoteten sie fest. Es war zwar verkehrt, wie Isabella sagte, und der Rückenpanzer hätte auf den Rücken gehört, doch so war es eindeutig hübscher.

Wir ließen Kossitzky zurücksinken. Rechts neben seinen Körper legten wir sämtliche Meereszwiebeln, seine und unsere, auf die andere Seite die Schatulle mit dem Stilett aus spanischem Kampfstierhorn. Dann schütteten wir die Grube zu. Nur den oberen Teil des Gesichtes ließen wir frei, so daß man die ein klein wenig geöffneten Augen sehen konnte.

»Was jetzt?« fragte Isabella, nachdem wir mit den Händen den Sand glattgestrichen hatten. »Zuerst dein Lied«, sagte ich. Wir stellten uns zu beiden Seiten von Kossitzkys Kopf auf, Blick aufs Meer. Minuit Chretiens, c'est l'heure solenelle, Ou l'homme Dieu ... Zwischendurch warf es mich kurz aus dem Text. Noel! Noel! Chantons le Redempteur! Noel! Noel! Voici le Redempteur! Ich ging zu meiner Umhängetasche, die ich unter der Tamariske abgelegt hatte. Ich nahm die Anaconda heraus, ließ die

Trommel aufschnappen und brachte die Patrone in die richtige Position. Dann stellte ich mich auf meinen Platz, faßte den Revolver mit beiden Händen, hob ihn über meinen Kopf und drückte ab. Der Knall war überraschend harmlos. Möglicherweise war Feuchtigkeit eingedrungen, oder es gehörte einfach so. Auch von Rückstoß konnte in Wahrheit nicht die Rede sein. Mir riß es lediglich die Arme eine Spur nach hinten.

Ich holte den Discman, steckte den einen Ohrhörerstöpsel in mein rechtes Ohr und reichte Isabella den anderen für ihr linkes. Das dünne Kabel spannte sich direkt oberhalb von Kossitzkys Augen. Nummer Sieben. Friday's a funeral/ and Saturday's a bride/ Sey's got a pistol on the register side. Ich grub die Zehen ganz fest in den Sand. In the neighborhood/ In the neighborhood/ In the neighborhood. – Manchmal im Leben paßt nur Kitsch. Das könnte ich Kurt sagen. Manchmal im Leben paßt nur der ärgste Kitsch.

Der Kapitän vögelte in dieser Sekunde vielleicht mit seiner Frau, der Reiseleiter schlief auf dem Vorderdeck, und der Koch bestrich die Fische mit Öl. Wir beide, wir sangen, was das Zeug hielt.

Zu meinen Füßen lag ein Trommelrevolver. In der Luft hing der Geruch von Salbei und Pulver. Hoch oben in den Felsen hatte die junge Ziege wieder zu blöken begonnen.

■ LITERATUR

Deuticke

So müssen Geschichten sein, quicklebendig, farbig, schmerzensreich wie eine Wunde.

Paulus Hochgatterer
Über die Chirurgie

Roman
192 Seiten
Hardcover mit Schutzumschlag
ISBN 3-216-30048-X
DM 39,-/öS 285,-/sfr 36,-

Paulus Hochgatterer
Wildwasser

Roman
112 Seiten
Hardcover
mit Schutzumschlag
ISBN 3-216-30323-3
DM 27,-/öS 198,-/sfr 25,-

LITERATUR ■ Deuticke

Armistead Maupin

Armistead Maupin, 1944 geboren und Journalist von Beruf, kam Anfang der siebziger Jahre nach San Francisco. 1976 begann er mit einer Serie für den *San Francisco Chronicle*, die den Grundstock lieferte für sechs Romane, die in den USA zu einem Riesenerfolg wurden – die heute schon legendären «Stadtgeschichten». In deren Mittelpunkt steht die ebenso exzentrische wie liebenswerte Anna Madrigal, 56, die ihre neuen Mieter gern mit einem selbstgedrehten Joint begrüßt. Unter anderem treten auf: Das Ex- Landei Mary Ann, der von Selbstzweifeln geplagte Macho Brian, das New Yorker Model D'orothea und San Franciscos Schwulenszene. All den unterschiedlichen Menschen, deren Geschichte erzählt wird, ist aber eines gemeinsam: Sie suchen das ganz große Glück.

Stadtgeschichten *Band 1*
(rororo 13441)
«Es ist merkwürdig, aber von jedem, der verschwindet, heißt es, er sei hinterher in San Francisco gesehen worden.» *Oscar Wilde*

Mehr Stadtgeschichten *Band 2*
(rororo 13442)
«Maupins Geschichten lassen den Leser nicht mehr los, weil sie in appetitlichen Häppchen von jeweils circa vier Seiten gereicht werden und man so lange ‹Na, einen noch› denkt, bis man das Buch ausgelesen hat und glücklich zuklappt.» *Der Rabe*

Noch mehr Stadtgeschichten *Band 3*
(rororo 13443)

Tollivers Reisen *Band 4*
(rororo 13444)
«Nichts ist schlimmer als die steigende Zahl der Seiten, die das unweigerliche Ende des Romans ankündigen.» *Hannoversche Allgemeine Zeitung*

Am Busen der Natur *Band 5*
(rororo 13445)

Schluß mit lustig *Band 6*
(rororo 13446)
«Ein Kultroman!» *Die Zeit*

Die Kleine *Roman*
(rororo 13657)
«Eine umwerfend komische Geschichte.» *Vogue*

Die **Stadtgeschichten Band 1-6** als einmalige Sonderausgabe außerdem lieferbar im **Wunderlich Taschenbuch** Verlag.

Weitere Informationen in der **Rowohlt Revue** oder im **Internet:** www.rowohlt.de

rororo Literatur

Stewart O'Nan

Stewart O'Nan wurde in Pittsburgh geboren und wuchs in Boston auf. Er arbeitete als Flugzeuginginenieur und studierte in Cornell Literatur. Heute lebt er mit seiner Frau in Avon, Connecticut. Für seinen Erstlingsroman «Engel im Schnee» erhielt Stewart O'Nan 1993 den William-Faulkner-Preis.

Sommer der Züge *Roman*
Deutsch von Thomas Gunkel
512 Seiten. Gebunden
Der bewegende Roman einer Familie, deren Leben im Kriegssommer 1943 von lauten und leisen Katastrophen überschattet wird. O'Nans neuer Roman zählt zu den Werken, «die man leichtfüßig betritt und nur schweren Herzens wieder verläßt». *Neue Zürcher Zeitung*

Engel im Schnee Roman
Deutsch von Thomas Gunkel
256 Seiten. Gebunden und als rororo 22363
«Stewart O'Nan spürt die großen Tragödien menschlicher Vestrickungen auf. Meisterhaft beschreibt er kleine Demütigungen und Mißverständnisse im täglichen Leben, unerfüllte Hoffnungen rund um Liebe und Leid, die zu Dramen eskalieren. Sein spannendes Erzählwerk ist zum Heulen traurig und voller Schönheit, seine Sprache genau und von bestechendem Charme. Die literarische Szene ist um einen exzellenten Erzähler reicher geworden.»
Der Spiegel

Die Speed Queen *Roman*
Deutsch von Thomas Gunkel
480 Seiten. Gebunden und als rororo 22640
Margie Standiford sitzt in der Todeszelle eines Gefängnisses. Stunden vor der Hinrichtung spricht sie ihre Lebensgeschichte auf Band. Sie erzählt, wie sie zur «Speed Queen» wurde; wie aus dem Drogenkonsum mit ihrem Mann und ihrer – und seiner – Geliebten Dealen wurde, aus Dealen Raub und aus Raub vielfacher Mord.
«Ein großartiges Buch.»
Die Welt

Die Armee der Superhelden
Erzählungen
(paperback 22675 / Februar 2000)
In diesen preisgekrönten Erzählungen entfaltet Stewart O'Nan die ganze Bandbreite menschlichen Lebens zwischen Verzweiflung und Hoffnung.

Weiter Informationen in der **Rowohlt Revue**, kostenlos in Ihrer Buchhandlung, und im **Internet: www.rowohlt.de**

Helmut Krausser
Schweine und Elefanten *Roman*
(paperback 22526)
Schweine und Elefanten ist der noch ausstehende erste Teil der Hagen-Trinker-Trilogie, mit der Helmut Krausser seinen literarischen Durchbruch schaffte.

Susanna Moore
Die unzuverlässigste Sache der Welt *Roman*
(paperback 22427)
Abschied vom Haifischgott
Roman
(paperback 22328)
«Susanna Moore schreibt wie ein Engel, der ein Leben lang Dämonologie studiert hat.» *Jim Harrison*

Virginie Despentes
Die Unberührte *Roman*
(paperback 22330)
«... ausnahmsweise liegen die Trendjäger richtig, die Virginie Despentes zum absoluten *must* dieses Jahres gekürt haben.» *Le Figaro*

Sarah Khan
Gogo-Girl *Roman*
(paperback 22516)
Mit untrüglichem Sinn für Situationskomik und herzerfrischender Selbstironie fängt die Autorin unvergeßliche, wahre Szenen aus dem Leben moderner junger Menschen zwischen wilden Träumen und Perspektivlosigkeit ein. Kleine sarkastische Seitenhiebe auf Institutionen wie die «Hamburger Schule» inbegriffen.

Ray Loriga
Schlimmer geht's nicht *Roman*
(paperback 13999)

Justine Ettler
Marilyns beinah tödlicher Trip nach New York *Roman*
(paperback 22350)
«Dieser Roman fordert den Leser von Anfang an zu seinem eigenen Vergnügen heraus, stachelt und kitzelt und verursacht Schwindelgefühle.» *The Sunday Age*

Will Self
Das Ende der Beziehung *Stories*
(paperback 22418)
Den Kultstatus, den Will Self derzeit genießt, verdankt er in erster Linie seinen Stories, von denen der vorliegende Band die bedeutendsten versammelt.

Alberto Manguel
Eine Geschichte des Lesens
(paperback 22600)
«Gleichermaßen gelehrt wie tiefsinnig und geistreich. Eine wahre Schatzinsel, die wahrscheinlich schon durch den bloßen Erwerb klüger macht ... ein großes und schönes Buch.» *Die Zeit*

Weitere Informationen in der **Rowohlt Revue** oder im **Internet:**
www.rowohlt.de